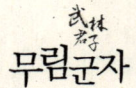

武林君子

무림군자

장진영 新무협 판타지 소설
FANTASTIC ORIENTAL HEROES

무림군자 5

장진영 新무협 판타지 소설

초판 1쇄 찍은 날 § 2010년 6월 14일
초판 1쇄 펴낸 날 § 2010년 6월 19일

지은이 § 장진영
펴낸이 § 서경석

편집장 § 문혜영
편집책임 § 서지현
편집 § 어정원

펴낸곳 § 도서출판 청어람
등록번호 § 제1081-1-89호
등록일자 § 1999. 5. 31
어람번호 § 제2-1942호

주소 § 경기도 부천시 원미구 심곡2동 163-2 서경B/D 3F (우) 420-822
전화 § 032-656-4452 팩스 § 032-656-4453
http://www.chungeoram.com
E-mail § chungeoram@chungeoram.com

ISBN 978-89-251-2207-6 04810
ISBN 978-89-251-2044-7 (세트)

5

천자산 혈투

[완결]

武林君子

무림군자

FANTASTIC ORIENTAL HEROES

장진영 新무협 판타지 소설

도서출판
청어람

目次

第一章

천자산 혈전

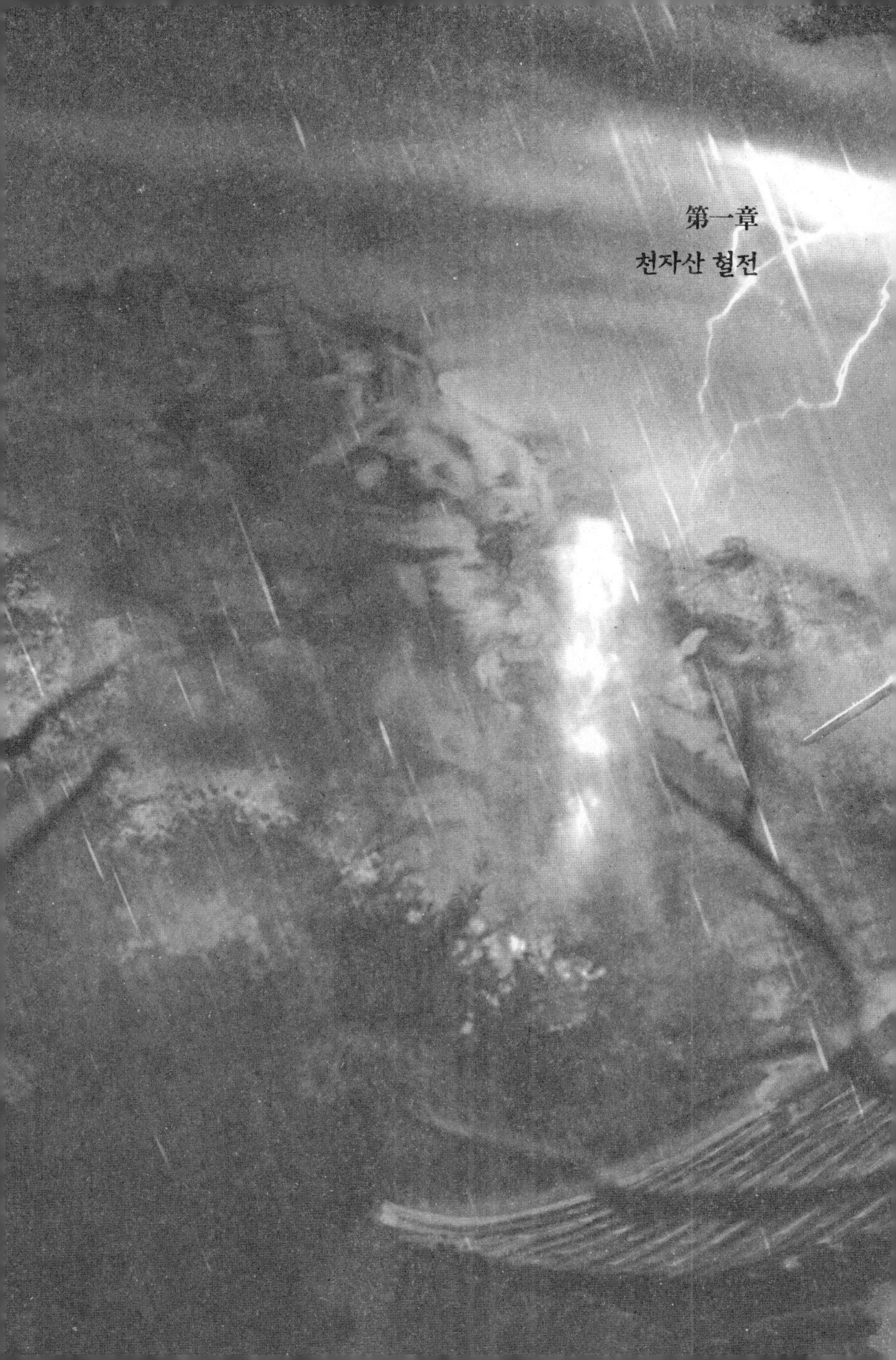

武林
군자
무림군자

1

섬서성 화산(華山).

도가의 성지이며 검공의 최강이라 추앙받던 화산파가 머물던 곳.

사흑련의 공격 이후 전각은 불타고 오연하게 서서 산바람을 막아내던 담벼락은 무너져 내려 폐허로 변해 있었다.

불타고 남은 목조 기둥의 그슬린 상처는 사흑련과의 전투가 얼마나 참혹했었는지 여실히 드러냈다.

"대화산이… 이리 참혹했던가."

적생의 입에서 한숨과도 같은 목소리가 흘러나왔다.

죽어간 화산의 제자들을, 이제는 사라진 상청관 뒤뜰에 묻어주고 그 봉분 하나하나마다 제를 올린 지 닷새라는 시간이 흘렀다.

"송학께서는 십언평에서 물러갔습니다."

"음……."

취개의 말에 적생이 신음성을 흘렸다.

사흑련주 방시혁이 송학 도장의 발걸음을 돌릴 것이라는 것은 아무도 예상하지 못했던 일이다.

방시혁이 아무리 강하다 할지라도 송학 도장의 상대가 되기에는 무리가 있었다. 화산 제자들의 목숨을 아낀 송학 도장은 분노를 참으며 발길을 돌려야만 했을 것이다.

비록 방시혁이 중상에 가까운 상처를 입고 사황대 무인의 태반이 죽었지만, 삼황의 일인인 송학 도장을 막아낸 것만으로도 사흑련의 저력을 적생은 느낄 수 있었다.

"허, 혼란스러운 정국이구나. 오가회는 허창에서 몰살을 당하고 정무협은 갇힌 채로 무당산을 벗어나지 못하는데 천자산에서 수많은 무인들이 죽어나가고 있으니……."

적생이 청죽봉에 턱을 기댄 채로 헛웃음을 흘렸다.

사흑련을 지휘하는 독서생은 한 줌의 내공도 없이 세 치 혀만으로 무림의 태반을 휩쓸어 버렸으니 그의 지모가 이미 하늘에 닿았다 해도 과언이 아니었다.

막 무너진 전각의 잔해를 치우고 적생이 쓸쓸하게 화산을 바라보고 있는 동안 한 떼의 인영이 한쪽 기둥만 남은 산문을 올라오고 있었다.

모용찬을 필두로 한 칠결 일행이었다.

"어서 오시게."

취개가 한달음에 뛰어가 반갑게 맞이했다.

"그래, 어찌 되었나?"

"예, 일단 물건은 확보했습니다. 모두가 군에서 사용할 법한 병장기와 화탄이더군요."

"음."

모용찬의 말에 취개가 심각한 표정으로 고개를 끄덕거렸다.

"자, 일단 방주님부터 뵙게."

취개는 모용찬을 데리고 적생이 앉은 곳으로 이동했다.

"개방주를 뵙습니다."

"음, 고생하였네. 내 이미 전서구로 보고를 받고 아이들을 오태산으로 보냈으니 곧 물건을 가지고 당도할 게야."

"예."

"그보다 화탄과 화승총이라 했던가?"

"예. 뿐만 아니라 수많은 병장기들을 옮기고 있더군요. 마치 전쟁이라도 치를 법한 물량이었습니다."

"음, 지금 함께 출발했던 오결과 후개가 돌아오고 있으니 그때 다시 이야기하세나. 일단은 좀 쉬도록 하게."

"예."

적생은 모용찬의 말에 미간에 내천 자를 그렸다.

처음 모용찬이 무명이 전하라는 말을 가지고 개방을 찾았을 때만 해도 반신반의했던 일이다.

야랑이라는 인물에 대해서 수많은 정보를 취합하고 재조사하는 데만도 열흘이라는 시간이 지났고, 그 시간 동안 비교적 많은 부분을 알 수가 있었다.

그의 정체나 거처를 밝히지 못했지만 그의 손길이 미친 것으로 예상되는 이들에 대해 많은 부분을 알아낼 수가 있었다.

중원 각지에 산재해 숨을 죽이고 있던 백의개들로부터 연일 날아오는 전서들은 중원의 모든 정보를 손에 쥐었던 개방주 적생마저도 놀라게 했다.

야랑이라는 이름의 사내.

아니, 야랑이라는 암호명으로 암약하는 이들은 밝혀진 것만으로도 다섯은 넘을 것이라는 결론이 났고, 군부, 내각, 상계, 무림에 이르기까지 손길이 미치지 않은 곳이 없었다.

적어도 십 년 이상이나 비밀리에 활동하고 있었던 것이다.

'음… 도대체 그들의 정체가 무엇이기에…….'

얼마 후 오결이 돌아왔고, 뒤이어 후개 취취가 화산의 산문으로 들어왔다.

적생을 비롯해 오결을 포함한 개방의 일곱 장로들과 모용찬이 한자리에 모였다.

"모용 공자가 습격했던 산서표국은 각종 군사 물품을 나르고 있었습니다. 그들이 향하는 곳은 산서성 양천현(陽泉縣)의 천가장, 하남성의 안양현(安陽縣) 목가장, 산동성 덕주현(德州縣) 추가장으로 모두 세 곳이었습니다."

"세 곳이라고?"

적생이 묻자 취개가 고개를 끄덕이며 말을 이었다.

"예. 그리 유명한 곳은 아니지만 꽤나 오래전부터 그곳에 자리하고 있던 장원들입니다. 각 장원의 장주들은 모두가 대지주인데다가 인망이 두터워 따르는 이가 많다고 합니다."

"그래?"

"예. 한 가지 특이할 만한 점은 전년에만도 부리는 소작인의 수가 두 배 이상 늘어났고 장원의 하인들도 제법 많아졌다고 합니다."

"두 배라면 어느 정도인가?"

적생이 묻자 취개가 종이를 뒤적거렸다.

"에… 그러니까 천가장이 오백여 명에, 목가장이 백팔십 명, 추가장이 삼백여 명… 합이 구백 팔십여 명 정도입니다."

"흠, 꽤 많은 수가 아닌가?"

"예. 각지에서 지주들의 횡포로 인해 떠돌아다니던 화전민과 난민들이 많습니다."

"음… 그런데 그들이 어째서 군수 물자들이 필요했을까?"

"글쎄요. 그것은 대상이 되었던 장원이나 산서표국을 한번 뒤져 봐야 알 수 있을 것 같습니다. 한 가지 이상한 것은 모여든 난민 대다수가 한인이라는 것입니다."

"한인?"

"예."

"음."

"추가로 일부 난민들이 앞서 말씀드린 세 곳으로 모여든 후 행적이 묘연합니다."

취개의 말에 적생이 고개를 끄덕이고, 오결을 향해 고개를 돌렸다.

"그래, 오결장로는 어찌 되었는가?"

"예. 무명공자가 예상한 대로 야랑이라는 자는 내각의 대신들과 모종의 협약을 맺은 것이 분명합니다. 황궁내시부, 내각 학사부, 군부에 이르기까지 손이 미치지 않은 곳이 없습니다. 문제는 그들이 알고 있는 야랑이라는 자의 체형이나 모습이 모두 다르다는 것이었습니다."

오결의 말에 모두가 놀라는 표정이 되었다.

"그렇다면 이미 모두가 황제에게서 돌아섰단 말인가?"

"예. 아마도 황후파에 속하지 않은 자들은 모두가 야랑이라는 자와 관계가 있는 것으로 보입니다."

"흠, 역시……."

"그런데 한 가지 이상한 것이 있습니다."

오결이 고개를 갸웃거리며 말했다.

"그게 뭔가?"

"척승이라는 자입니다."

"척승?"

"예. 그는 척일도의 먼 친척입니다. 관직이 그리 높은 자는 아닙니다만 척일도와 밀접한 관계를 맺고 있었음이 분명합니다."

"그런데 그자가 어째서?"

"분명 그는 황후파로 알려져 있는데 황궁내시부의 시중인 목가충이 그와 야랑의 관계를 깊이 주장하더군요."

"음."

"척승이라는 자를 찾아가 보지 않았으나 필시 그를 통해 많은 것을 알게 될 것이라 생각됩니다."

"흠, 알겠네. 하나 타초경사의 우가 될 수도 있네. 비밀스러운 이들일수록 경계심이 많으니 아이들을 철수시키도록 하게."

"예."

"후개."

오결의 말을 모두 들은 적생이 후개 취취를 쳐다보자 취취는 말하기도 싫다는 듯이 품에서 장부 몇 권을 꺼내 적생에게 전해주었다.

"만금산장 놈들, 쓰레기예요."

"응? 이게 뭐냐?"

"글쎄요. 저도 모르죠. 제법 많은 이름이 적혀 있기에 들고 나왔어요. 뒤 구린 게 많은 놈이더군요."

"흠."

적생이 장부를 받아 들고는 표지를 넘겼다.

장부에는 갖가지 노예 경매에 관련된 수입과 지출 내역, 관부 및 각 상단을 통해 전해진 돈의 출처와 사용에 관련된 내용이 세부적으로 기술되어 있었다.

장수가 넘어가면 넘어갈수록 적생의 표정이 시시각각 변했다.

장부에는 중원의 각 성도에 있는 수많은 표국과 이름 모를 장원들에 지출된 내역이 적혀 있었다.

"허, 이들이 이 돈을 가지고 무엇을 하려 했던 게지?"

"글쎄요?"

의문스러운 목소리로 장부를 뒤지던 적생은 한 가지 미묘한 글귀와 금전의 출처를 기록한 부분에서 시선을 멈추었다.

"기련산?"

그가 고개를 갸웃거린다.

단지 기련산이라고만 적혀 있었고, 그곳으로 노예 경매를 통해 수많은 이들이 팔려 나간 것으로 기록되어 있었다.

그가 알기로 기련산에 자리 잡은 장원이나 상단은 없었다.

있다면 요즘 들어 모습을 드러내지 않는 녹림채 두엇이 있을 뿐이었다.

그렇다곤 해도 설마하니 녹림채에 이렇게 많은 금액이 흘러들어 갔을 리가 만무하지 않은가?

"어째서 기련산에……."

눈을 찌푸린 적생이 장부의 곳곳을 다시금 뒤적거렸다.

그가 예상한 대로 기련산을 향해 매번 같은 양의 금전이 흘러들어 가고 있었다.

적생이 고개를 갸웃거리는 동안 그의 중얼거림을 들었던 모용찬의 머릿속에 제법 지나 버린 기억이 떠올랐다.

'기련산이라면… 귀문이 있는 곳인데…….'

무명과 주량이 만났던 그곳에서 주량은 분명 후에 무명에게 기련산 멸절림으로 찾아오라고 했었다.

'에이… 설마? 귀왕이 야랑은 아니겠지?'

모용찬은 자신의 생각이 지나친 비약이라 생각하며 고개를 저었다.

"음, 일단 좀 더 알아보도록 해야겠구나. 각 장로들은 방도들을 별도로 데리고 은밀하게 만금산장으로부터 돈이 흘러들어 갔다고 기술된 각 성의 장원을 살펴보도록 하시오."

"예, 방주."

"음… 그리고 오결장로는 별도로 기련산을 좀 조사해 주기 바라오."

"알겠습니다."

"후개."

"예, 방주."

"너는 지금까지 나온 정보를 가지고 지금 즉시 모용 소협과 함께 무명공자를 찾아가도록 해라."

"예? 어째서 굳이 제가?"

"반문하지 마라. 사흑련과 정무협의 다툼으로 무림이 흉흉하지 않느냐. 서둘러 출발하여라."

적생의 단호한 말에 취취가 쓴 입맛을 다시며 고개를 끄덕거렸다.

*   *   *

"주군."

"백(白)이냐?"

"예."

"밤이 야심하거늘 어인 일이더냐?"

"그것이……."

"……."

"……."

스르륵!

방문이 소음을 내면서 저절로 열렸다.

방 안에는 백호 가죽으로 만든 추결관으로 머리를 단정하게 정리한 백포노인이 등을 보이면서 앉아 있었다.

방 안은 향의 냄새로 가득했고, 일 장 높이의 벽면은 수많은 위패로 가득 차 있었다.

백은 방문을 넘어서자마자 노인의 뒤에 공손하게 꿇어앉았다. 노인은 백을 뒤돌아보지 않은 채 묵묵히 자신의 일을 계속했고, 사뿐한 걸음으로 다가온 시비가 모락모락 김이 피어오르는 찻잔을 그의 앞에 가져다 놓았다.

"이 시각에 내가 위령전에 있음을 알 터이고, 또 이곳에서 어떤 방해도 용납지 않음을 네 모르지 않을진대… 그만큼 시급한 일이더냐?"

노인은 중저음의 목소리로 백을 가볍게 질책하면서 향을 피워 올렸다.

스으으으.

백은 노인의 질책성과 함께 온몸을 짓누르는 살기를 느꼈다. 오로지 자신에게만 국한된 엄청난 압력과 살기의 정체는 바로 주군을 지키는 여덟의 그림자였다.

분명 방 안에 있고 이렇게 짙은 살기를 뿜어내는 자들이었지만, 어느 곳에 숨어 있는지 기척을 느낄 수가 없었다.

절정의 경지를 초월해 버린 은신자들에 대해 너무도 잘 알고 있던 백이었기에 등줄기로 식은땀을 흘려야 만했다.

꿀꺽.

마른침이 넘어간다.

"그래, 말해보거라."

노인이 또 다른 위패 앞에 향을 꽂아 넣으면서 말했다.

"산서표국에서 옮기던 물건이……."

멈칫.

향을 꽂아 넣던 노인의 손이 눈에 띄지 않을 정도로 멈추었다가 움직였으나 백은 알아채지 못했다.

"습격당했습니다."

백의 말은 결국 노인의 손을 멈추어 세웠다.

"……."

노인이 가볍게 고개를 들고 숨을 내쉬었다. 그의 숨소리를 따라 백을 압박하고 있던 살기가 씻은 듯이 사라져 버렸다.

'휴우.'

백의 등은 식은땀으로 축축이 젖어오고 있었다. 항상 대하는 자신의 주군이었지만, 이런 소식을 전하기는 처음이었기 때문에 온몸의 근육이 경직될 정도로 긴장했다.

백이 노인의 눈치를 보고 있는 동안 멈추었던 노인의 손이 마지막 향불을 꽂아 넣고는 천천히 몸을 돌렸다.

백색의 수염이 멋들어지게 턱 아래에서 가슴께까지 내려온 노인의 얼굴은 새하얀 머리와는 달리 주름 하나 없이 탱탱했고 대춧빛으로 빛나고 있었다. 마치 산을 지키는 도인과도 같은 모습이었다.

"차 맛이 좋구나."

노인은 몸을 돌리자마자 시비가 가져온 찻잔을 들어 마신 후 미소와 함께 작은 감탄을 했다.

노인의 표정은 아무 변화도 없이 담담하기만 했다.

"그래, 어찌 된 일인지 말해주겠느냐?"

"제가 도착했을 때는 이미……."

"모두 죽어 있었다?"

백이 말하기를 머뭇거리자 노인이 그를 대신하여 말을 이었다.

"그, 그렇습니다. 저희가 갔을 때는……."

"누구의 소행인지 알아내었느냐?"

"그, 그것이……."

"그래? 재미있구나. 산서표국이면 분명 강문추라는 아이가 있다 했지?"

노인은 찻잔을 내려놓으면서 눈을 가늘게 떴다.

"그, 그렇습니다."

백은 진땀을 줄줄 흘렸다. 주군 된 노인의 심기가 점점 불편해지고 있다는 사실이 느껴졌기 때문이다.

"그렇단 말이지……. 흐흠."

노인이 수염을 쓸면서 미간을 찌푸린다.

'헉!'

화가 난 것이리라. 무능한 수하들에 대해서 분명 화가 난 것이리라.

"속하, 죽을죄를 지었습니다."

백이 급히 바닥에 머리를 처박고는 사죄를 청했다.

"하지만 대업이 코앞인데… 혹여 저들이 눈치를 챈다면……."

노인의 음성이 낮게 가라앉았다.

"아, 아닙니다. 척승의 말로는……."

무거워진 노인의 음성에서 불안감을 느낀 백은 다급히 변명을 했다. 어떻게든 그의 진노를 돌려야만 했다.

"되었다. 어쩔 수 없는 게지. 천자산에서 귀문과 사흑련이 부딪쳤다 들었다."

"예? 예."

"그리 유도했다고는 하나 사흑련이 귀문을 막았다는 것은 필시 놀라운 일이 아닐 수가 없다. 듣자 하니 사흑련을 이끄는 아이가 곽주한이라 했더냐?"

"아, 아닙니다. 사흑련주는 방시혁이라는……."

백의 말에 노인의 미간이 살짝 일그러지자 백이 급히 말끝을 흐렸다.

"쯧, 산을 보고도 나무의 모양을 알지 못하는 놈."

질책이 이어졌다.

"은밀하게 접촉을 시도하라. 황씨의 어린놈을 회유한 적(赤)과 관계를 맺었다 하니 그에게 맡기는 것이 좋을 터다. 들은 바로는 그 아이가 어릴 적에 황씨에 가진 원한이 적지 않다 하더구나."

"……."

노인은 많은 것을 알고 있었다.

"사혹련은 어차피 무너질 것이다. 분명 곽주한이라는 아이
도 알고 있을 터. 아니, 어쩌면 녀석은 사혹련을 걸고 승패조
차 보이지 않는 도박을 하고 있는지도 모르겠군. 어쨌든 사혹
련은 아무것도 얻지 못하고 무너지겠지. 그때 그 아이를 내게
데려오너라."

노인이 어째서 곽주한이라는 문사를 눈여겨보는지 알지
못했고, 무공조차 모른다는 그를 회유하려는 것이 마음에 들
지 않았지만 백은 반문을 하지 않았다.

"쯧, 멍청한 놈. 어찌 대업을 위해서 칼보다 한 자루의 붓
이 더 큰 힘을 발휘함을 모른단 말이냐."

노인은 백의 마음을 읽은 것마냥 질책을 내렸다.

"죄송합니다."

백의 사죄에 노인이 말을 끊고 등을 돌렸다.

말없는 축객령인 것이다.

머뭇거리던 백이 공손히 절을 하고 엎드린 채로 물러나려
는데 향에 불을 붙이던 노인이 쳐다보지도 않고 말했다.

"산서표국의 물건을 강탈한 자들, 알아오너라. 무슨 연유
인지."

"조, 존명."

백이 완전히 방문을 빠져나오자 문이 소리없이 닫혔고, 백은 한참이나 엎드려 일어나지 않았다.

뿌드득.

잠시 후 몸을 일으킨 백은 눈에서 불을 토해내며 어금니를 거세게 깨물었다.

"어떤 놈인지… 찾아내서 껍질을 벗겨주마."

2

밤이 지나고 여명이 산 너머를 밝게 비추며 찾아들고 있었다.

산 너머를 비추며 떠오르는 태양빛에 새들이 깨어나 사방을 지저귀는 시각, 천자산을 타고 넘은 햇살이 아침이 되었음을 알렸다.

천자산을 지키고 있던 사흑련의 무인과 산을 넘기 위해 산오름이 시작되는 곳에서 군집을 이룬 귀문의 무인들은 서로를 노려보며 대치하고 있었다.

불어온 아침 바람에 살포시 흑색 장포를 휘날리며 귀문의 선두에 우뚝 선 귀왕 주량이 나른한 눈으로 산 위를 올려다보다 중턱에 단을 만들고 귀문을 맞을 준비를 하고 있던 독서생 곽주한과 시선이 마주쳤다.

"훗."

귀왕 주량의 입가에 문득 작은 미소가 어렸다.

곽주한은 그와 시선이 마주치자 백익선으로 턱 아래를 가리고는 가볍게 고개를 숙여왔다.

머리에 관을 쓰고 화려하게 수놓인 장포에 백익선을 들고 있는 모습이 회자되는 누군가를 닮았기 때문이다.

"제법 멋을 내는군. 제갈무후의 흉내라……."

주량이 피식거렸으나 그의 표정에 어린 것은 결코 비웃음이 아니었다.

걸출한 상대에 대한 존경이 담긴 미소였다.

서로 기예를 겨룸으로써 상대에게 반하는 것은 굳이 각자가 무인이 아니라도 충분했다. 무인을 뛰어넘는 지혜를 가진 자는 그만한 존중을 받아야 마땅하다는 것이 주량의 생각이었다.

"천귀."

주량이 나지막이 부르자 천귀가 뒤에서 공손하게 허리를 굽혔다.

"예, 귀왕."

"지금부터 천자산을 넘는다. 며칠이 걸려도 좋다. 몇 명이 죽어도 좋아. 단 한순간도 쉬지 않고 천자산을 넘어간다."

"알겠습니다."

굳이 물을 필요가 없었다.

목표는 주량의 말 한마디로 정해졌다.

주군의 뜻이 정해진 이상 수하는 따르기만 할 뿐이다.

주량의 나지막한 목소리에 귀혼들의 몸에서 매서운 투기가 피어올랐다.

그들은 그렇게 훈련 받아왔고, 그렇게 세뇌되어 왔다.

귀왕의 말은 곧 법.

목숨을 잃어 혼백이 남아도 그들은 분명 천자산을 넘을 것이다.

"오는군요."

산 중턱에서 귀문을 바라보던 곽주한이 담담하게 말했다.

"그러네요."

곽주한의 말을 제갈선혜가 담담하게 받는다.

그녀 또한 이곳의 싸움이 앞으로의 행보를 결정지을 것이라는 사실을 너무도 잘 알고 있었다.

"맞아주어야지요. 그는 지금부터 정면 돌파를 할 생각인 모양입니다."

곽주한이 얼굴에 작은 미소를 띠워 올렸다.

천귀의 손이 올려졌다.

마치 지금부터 공격을 시작하겠다는 것을 사흑련에게 알려주는 것처럼 하늘을 향해 들어 올린 손이 가볍게 내려가자 귀문의 무인들이 귀왕 주량의 뒤를 따라 일제히 산비탈을 향해 내달리기 시작했다.

쿠르르! 쾅! 꽈광!

곳곳에서 화탄이 터져 나가고 병장기가 부딪치며 불꽃을 토해내었다.

팔이 잘리고 다리가 잘려 나가 천자산은 금세 핏빛으로 물들었다.

"끄아악!"

고통에 찬 비명성이 천자산을 울리고 시신은 가득하였지만 천자산을 오르는 귀문의 무인들은 한시도 쉬지 않았고, 사혹련의 무인들은 산을 오르지 못하게 막아서며 끈질기게 귀문의 무인들을 괴롭혔다.

퍼퍼펑!

귀왕의 손짓에 서너 명이 튕겨져 나갔다.

수십을 베어낸 그의 의복은 사혹련 무인들이 흘린 피로 물들어 선홍빛을 띠었다.

번뜩이는 그의 일장에 수 명의 무인들이 떨어져 나갔다.

귀왕은 천자산을 종횡무진하며 사혹련의 무인들을 베어내기 시작했다. 곽주한은 그런 귀왕에게는 신경조차 쓰지 않았다.

련주 방시혁이 없는 지금 어차피 주량을 막을 수 있는 무인은 없었다.

결국 그가 선택한 것은 귀왕 주량을 제외한 귀문에 가장 큰

타격을 입히는 것이었고, 그러기 위해서는 주량보다 귀문의 대다수를 차지하는 무인들에게 공격을 집중하는게 좋다고 판단한 것이다.

개개인의 능력이 월등하게 뛰어난 귀문의 무인들이었지만 삼 인 일 조로 차근차근 공격해 오는 사흑련의 무인들에게는 속수무책으로 당했다.

또한 곳곳에 만들어진 진법과 함정은 어김없이 귀문 무인들을 집어삼켰다.

하지만 함정과 진법으로 버틸 수 있는 것에도 한계가 있었다.

귀왕과 육귀가 가세한 전투는 시종일관 귀문에 유리할 수밖에 없었다.

터뜨려진 화탄과 난무하는 검기에 귀문과 사흑련 양측 모두 엄청난 사상자를 만들어내며 천자산은 피가 뿌려지고 시신이 널브러진 지옥으로 변해가고 있었다.

크아앙!

사나운 울부짖음이 귀문에 찾아들었다.

산 위에 대기하던 야수문의 무인들이 참가하기 시작한 것이다.

"모조리 갈라 버려!"

가슴을 훤히 드러낸 무인이 흑표의 등에 타고 거침없이 귀문 무인들을 공격했다. 그는 바로 야수문의 공야청이었다.

잠시 우세를 점했던 귀문은 산을 질주해 내려오는 야수문의 무인들에게 돌파당해 속절없이 쓰러져 나갔다.

짐승과 한 몸이 된 듯한 그들은 폭풍처럼 천자산을 휩쓸었다.

매서운 발톱이 휘둘러지면 어김없이 피가 튀고 살점이 뜯어져 나갔다. 수십 마리의 짐승 떼가 나타나자 귀문에 밀려 물러나던 사흑련의 무인들이 사기를 되찾고 다시금 산을 내려왔다.

야수문의 참가와 동시에 수십여 명의 무인이 쓸려 나갔다.

울부짖음과 함께 내질러지는 발톱에 귀문의 무인들이 생의 이별을 고하며 쓰러졌다.

"귀왕! 야수문입니다! 야수문이 전장에 참가했습니다!"

은귀가 날카롭게 휘둘러오는 범의 앞발을 잘라내며 소리쳤다.

야수문의 일백 무인이 가담하자 어느 정도 유리해졌던 전세가 순식간에 뒤집혀 버렸다.

크아앙!

흑표의 아가리가 허연 송곳니를 드러내며 주량을 노려왔다.

터덕! 촤아악!

위턱과 아래턱을 잡고 그대로 찢어버린 주량은 짐승의 핏물을 그대로 뒤집어쓰며 코를 찡그렸다.

비릿한 혈향이 코끝을 파고들었다.

귀문의 무인들은 극한의 수련을 마친 이들이다.

고작 짐승들의 공격에 어찌 될 것이 아니었다. 하지만 갑작스럽게 측면을 공격해 온 터라 당황한 듯 희생자들이 부지기수로 생겨나기 시작했다.

낮은 울음소리를 내며 무인 하나를 으적거리며 씹고 있는 범의 모습에 귀왕 주량이 일갈을 내뱉었다.

"하찮은 미물 따위가! 감히!"

귀왕의 미간에 굵은 주름이 생겨나며 주먹을 휘둘렀다.

쩡!

권경이 범의 머리통을 으깨 버렸다.

"감히!"

짐승들이 마치 적의 우두머리를 발견한 듯이 새파란 안광을 토하며 노려보자 주량의 눈가에 검붉은 살기가 일렁거렸다.

크아앙!

집채만 한 범이 앞발을 휘둘러오며 주량을 공격했다.

하지만 범의 발에는 신경도 쓰지 않는 듯 주량이 지면을 밟고 허공으로 솟구쳐 올랐다.

유영하듯이 공중제비를 돈 주량이 마치 허공에 또 다른 지지대를 딛고 선 것처럼 멈추어 섰다.

"저… 저럴 수가!"

사흑련의 무인들은 순간 할 말을 잃어버렸다.

전설상에 나오는 허공답보도 보지 못했는데 무력답허라니……

주량은 마치 천신이 강림한 것마냥 허공에서 사흑련의 무인들을 쓸어보며 송곳니를 드러낸 채 악마처럼 웃었다.

"크하하하!"

거대한 웃음소리가 터져 나오고 막대한 양의 음파가 너울져 퍼져 나갔다.

퍼펑! 콰콰콰!

음파가 미친 곳에 있던 나무들이 기둥째 찢어져 나가며 사흑련의 무인들을 덮쳤다.

"으윽!"

"큭!"

개중에 내공이 약했던 인물들은 주량의 웃음소리를 참아내지 못하고 내상을 입고 쓰러졌다.

"지옥을 보여주마!"

주량이 손을 들어 올리자 언제 꺼내졌는지 여덟 자루의 비도가 그의 손의 움직임을 따라 허공에 떠올랐다.

비도가 허공에서 먹잇감을 찾듯이 새파란 날을 번뜩였다.

"꿰뚫어라!"

손바닥이 지면을 향해 쫘악 하고 펼쳐지며 내질러지자 비도가 마치 살아 있는 것처럼 은빛 꼬리를 만들며 쏘아져 나갔다.

슝! 슈슝!

세차게 바람을 가르며 나는 비도는 원래부터 멈춤이라는 단어가 어울리지 않는 듯이 전장을 날아다녔다.

"크엑!"

칼을 치들었던 무인 하나가 비도에 꿰뚫려 비명성과 함께 쓰러졌다.

비도는 정확히 심장을 꿰뚫고 지나갔다.

"막아랏!"

사흑련의 무인들이 비도를 쳐내려 검을 휘둘렀지만 비도에 덧씌워진 강기의 기운은 그들의 검을 여지없이 깨뜨려 버리고 어김없이 목숨을 앗아갔다.

고작 여덟 자루의 비도에 불과했지만 전장은 공포로 물들었다.

어디서 날아올지 모르는 비도로 인해 야수문의 짐승들이 모조리 꿰뚫렸고, 사흑련의 무인들은 땅바닥에 납작 엎드렸다가 귀문의 무인들에 의해 살해되었다.

"모조리 죽여라!"

주량의 외침에 사기가 끓어오른 귀문의 무인들이 날렵하게 산을 치고 오르며 검을 뻗었다.

야수문의 활약으로 뒤집혔던 전세가 또다시 귀문에게로 넘어갔다.

"굉장하군!"

멀리서 싸움을 지켜보던 곽주한이 감탄사를 내뱉었다.

단 한 사람의 무인이 전세를 뒤집는다는 것은 익히 알고 있었지만 귀왕의 모습은 마치 살육을 위해 태어난 것처럼 대단해 보였다.

"군사! 이대로 가다간⋯⋯!"

밀원주가 걱정스러운 얼굴로 소리쳤지만 곽주한의 얼굴에는 어떠한 동요도 보이질 않았다.

"활!"

곽주한이 수하가 내민 활을 들자 산자락에 은신했던 궁수들이 화살에 시위를 메겨 올렸다.

핑!

곽주한의 신호로 하늘을 검게 메울 것처럼 화살이 허공으로 솟구쳐 올랐다.

"저건! 귀왕! 화살입니다!"

백귀의 말에 주량이 고개를 들었다.

태양을 가릴 정도로 많은 화살이 천자산을 뒤덮었다.

피피피핑!

"크악!"

"으악!"

사방에서 비명 소리가 들렸다.

곳곳에서 화살에 꿰뚫린 귀문의 무인들이 고슴도치처럼

변하며 죽어나갔다.

"석추를 무너뜨려라!"

곽주한은 멈추지 않았다.

화살비가 끝남과 동시에 지레 위에 올려졌던 집채만 한 바윗덩이가 산 아래로 굴러 내려왔다.

우그르르르.

거대한 바위가 지축을 울리는 굉음과 함께 가로막는 모든 것을 부수며 떨어져 내렸다.

"크에엑!"

귀문의 무인들이 속절없이 쓰러졌다.

쩡!

내질러진 주먹에 바위가 깨어져 나갔다.

화살비가 쏟아지자 어쩔 수 없이 지면으로 내려선 귀왕이 바위를 막아내며 귀혼들을 불렀다.

"흑귀! 정상이 머지않았다! 뒤따라와라!"

"존명!"

말을 마친 귀왕 주량이 지면을 내디디며 산을 솟구쳐 올랐다.

가로막는 것이 무엇이든지 그의 손에서 부서져 나갔다. 그 것이 바위든 사흑련의 무인이든 그는 단 한순간도 걸음을 멈추지 않았다.

주량의 모습에 사기가 오른 귀문의 무인들이 동요를 멈추고 안정되기 시작했다.

잠시나마 사흑련에게로 돌아갔던 기세가 귀문으로 전이되었다.

마치 밀고 당기기를 하는 것처럼 보였지만 이미 귀문의 무인들은 정상을 얼마 두지 않고 있었다.

"밀원주! 철망이다!"

촤악!

귀문의 무인들이 쌓아둔 단의 근처에 도달했을 무렵 사방에서 쇠 그물이 던져졌다.

검을 휘두르려던 무인들은 쇠 그물에 휩싸여 뒤엉켰다.

"화탄!"

콰쾅! 콰과광!

던져진 화탄이 사방에서 터져 나가며 폭음을 만들어내었고, 무인들의 살점과 핏물이 튀어 올랐다.

"밀원주! 본진을 백 장 밖으로 물린다!"

화탄의 폭발에 귀문의 무인들이 주춤하는 사이 사흑련의 무인들은 잘 짜인 틀과 같이 썰물처럼 빠져나갔다.

화탄이 주는 공포로 인해 귀문의 무인들은 더 이상 전진하지 못했다.

까드득!

쇠 그물을 잘라내던 주량은 화탄의 범위에서 황급히 몸을 빼내고 어금니를 깨물며 물러나는 사흑련의 무인들을 노려보았다.

홀로 쳐들어가 당장에라도 놈들의 목을 베어내고 싶었지만 그러기에는 귀문의 피해가 너무나 컸다. 홀로 오시할 수 있는 힘을 가졌지만 지금까지 곽주한의 기세로 보아 무엇을 준비해 놓았는지 알 수가 없었다.

"귀왕! 이런 방법으로는 어렵습니다! 이렇게 가다가는 피해만 늘릴 뿐입니다!"

적귀의 외침에 한참을 노려보던 귀왕 주량이 세차게 몸을 돌렸다.

"잠시 대기한다! 서둘러 부상자를 살피고 전열을 정비하라!"

"존명!"

화가 났지만 어쩔 수 없이 귀왕은 후퇴를 명했다.

第二章
사흑련, 무너져 내리다

武林
호걸
무림군자

1

천자산 인근.

개방주의 말에 따라 조사된 내용을 전하기 위해 모용찬과 취취는 무명이 있는 천자산을 찾았다.

무음소를 통해 부르자 무명이 천자산 아래로 내려왔다.

"싸움이 한창인가 보군요."

"예, 아마도."

"많은 희생자가 생기겠지요?"

"그렇겠죠. 무림의 주인을 두고 싸우는 셈이니……."

무명이 고개를 돌려 천자산을 바라보았다.

"어찌하실 생각입니까?"

"글쎄요. 주 공자를 찾아가 설득해 보려 했으나 그는 들을 생각이 없더군요."

"음."

"그보다, 어찌 되었습니까?"

"아!"

무명의 물음에 모용찬이 지금까지 개방이 조사해 온 내용을 빠짐없이 전했다.

심각한 표정으로 고개를 끄덕이던 무명이 얼굴을 잔뜩 찌푸리며 말했다.

"봉기군요."

"예?"

"봉기일 것입니다."

"그게 무슨……?"

"전쟁에 사용되는 조총과 화탄, 그리고 한인으로 구성된 난민들의 집결. 그들은 필시 봉기를 노리고 있을 것입니다."

"설마……."

"난민들이 불어난 곳이 어디라고 했지요?"

"양천현(陽泉縣)의 천가장, 하남성의 안양현(安陽縣) 목가장, 산동성 덕주현(德州縣) 추가장까지 모두 세 곳입니다."

"음……."

무명이 모용찬이 내려놓은 지도를 펼치며 면밀히 살펴보기 시작했다.

"산서, 하남, 산동… 모두가 하북으로 가는 길목이 되는 곳입니다."

무명의 말에 깜짝 놀란 모용찬기 다시 한 번 지도를 살펴보기 시작했다.

"그, 그렇군요."

"아마 그럴 것입니다. 내각, 군부까지 그들의 힘이 뻗고 있다면 오래전부터 준비되어 온 것이겠지요."

"으음."

"야랑이라는 자, 대단하군요."

"아닙니다. 제가 생각하기에는 야랑은 조직인 듯합니다."

"조직이라구요?"

"예."

모용찬이 야랑이라는 이에 대해 조사한 바를 무명에게 전했다.

"그렇군요."

"한데 이상한 것이 있습니다."

"예?"

"야랑이라는 자들과 연계된 상계의 조직 중 만금산장이라고 있는데 그들이 많은 금력을 기련산으로 보냈습니다."

"기련산? 귀문이 있다는?"

"예."

"어째서……."

"그것까지는 잘 모르겠습니다."

무명이 복잡해진 표정으로 한참 동안이나 지도를 살펴보다 무언가를 깨달은 것인지 모용찬을 쳐다봤다.

"이런!"

"예?"

"큰일입니다. 어쩌면 그들의 힘이 귀문에 미쳐 있을지도 모르겠습니다."

"귀문에요? 하지만 귀왕이 야랑이라고 하기에는……."

"귀왕은 아닐 것입니다. 필시 귀문에 커다란 영향력을 행사하는 자겠지요. 그들이 노리는 것은 무림과 군부의 혼란일 것입니다. 세상이 혼란해지는 틈을 타 봉기를 하려는 것입니다."

"예에? 설마?"

"이럴 때가 아니군요. 서둘러야겠습니다. 일단 귀왕을 다시 한 번 만나보아야겠습니다. 만에 하나 그들이 공격의 진로를 하북으로 바꾸어 군부와 부딪치기라도 하는 날에는……."

"헉! 그럼?"

"네, 내란이 일어날 것입니다."

무명의 결론에 모용찬이 깜짝 놀라 일어났다.

"일단 모용 공자는 황도로 가주십시오. 황도에서 북궁 소저를 찾아 제 말을 전해주십시오. 무슨 일이 있어도 팔기군이 무림으로 출군하는 것을 막아야 합니다."

"알겠습니다."

"취 소저는 지금 즉시 개방주에게 말을 전해주십시오."

"예?"

"좀 전에 말한 세 곳을 은밀하게 제압해 두라 해주세요. 그들과 연결된 끈을 찾아야겠습니다."

"아, 알겠습니다."

"그럼 일단 저는 천자산에 들렀다가 화산을 찾아가도록 하겠습니다. 그곳에서 다시 뵙죠."

"알겠습니다."

2

쾅!

천둥이 치고 섬전이 내리꽂듯 엄청난 기파가 천자산을 내리눌렀다.

"헉, 헉!"

지칠 대로 지친 야수문의 공야청이 팔이 떨어져 나가 버린 오른쪽 어깻죽지를 부여잡고 거친 숨을 트해내었다.

결국 며칠을 이어온 싸움은 귀문의 승리로 돌아갔다.

군사 곽주한은 뛰어난 용병술로 귀문의 무인들을 괴롭혔지만 귀왕 주량을 막아설 만한 무인이 사흑련에는 없었던 탓이다.

실력차에서 밀려 버린 이상 더는 귀문의 진격을 멈출 수 없었다.

사방으로 살기를 퍼뜨리고 붉은 안광을 토해내고 있는 괴물 같은 귀왕이 정상에 다다라 천천히 걸음을 떼었고, 그의 주위로 여섯이나 되는 귀면탈의 사내들이 따르고 있었다.

"제길."

자신의 운명을 깨달았음일까, 공야청이 욕설을 내뱉었다.

취리리릿!

백색 섬광이 스치고 공야청은 서른다섯의 나이로 짧은 생을 마감했다.

그 광경에 사흑련의 무인들이 군사 곽주한을 보호하며 뒤로 물러났다. 이미 사흑련의 살아남은 오백 무인 중 몸이 성한 자는 한 명도 없었다.

"끝이군."

주량이 무심한 눈으로 무인들에게 둘러싸인 곽주한을 쳐다본다.

곽주한의 행색 역시 말이 아니었다.

손에 든 백익선은 불에 거슬려 지저분해졌고, 쓰고 있던 관은 어디로 갔는지 머리는 헝클어진 지 오래였다.

"너는 정말 굉장한 놈이야. 이렇게까지 버텨낼 줄은 상상도 못했다. 귀문의 이천 형제 중 일천이 이곳에서 죽음을 맞이했다."

"……."

귀왕 주량이 진심으로 감탄하며 곽주한을 칭찬했다.

"어떤가? 나에게 오지 않겠나?"

"후후, 귀왕. 당신은 정말로 강해. 하늘 아래 당신만큼 강한 자가 있을 것이라고는 상상도 못했어. 어쩌면 삼황보다 당신이 더 강할지도 모르겠군."

"그래, 나는 강하다. 그리고 네가 꿈꾸는 모든 것을 이루어 줄 능력이 있어."

"알아. 분명 그렇겠지."

"내 제안에 대한 대답은?"

"……."

주량의 말에 곽주한은 잠시 주위를 둘러봤다.

사흑련의 무인들이 복잡한 심경을 드러낸 눈으로 자신을 쳐다보고 있자 피식 웃음이 나왔다.

"크크크, 한때는 나의 이 지혜로 어떤 것이라도 이룰 수 있을 것이라 생각했지. 물론 무공을 익힐 수 없다는 것도 알고 있었어. 그래서 생각했지. '나의 지략으로 무인들을 지배하자'라고 말이야. 그래서 련주를 만나 사흑련을 만들었지. 모든 게 나의 머릿속에서 생각했던 대로 이루어졌어. 적어도 당신이 무림에 나오기 전까지는 말이야."

"……."

"하지만 크게 걱정하지는 않았지. 가능할 것이라 생각했거든. 내가 생각했던 것보다 더욱 대단해졌어. 사흑련이라는 단체는 말이야. 세상에서 멸시를 받아온 이들이 세상으로 첫걸음을 떼는 입구와도 같은 곳이었지."

곽주한이 오만한 표정으로 주량을 쳐다보며 말을 이었다.

"가진 무공이 사이하다 하여 운남의 습지대로 쫓겨난 독곡, 단지 짐승의 자식이라는 이유로 멸시당한 야수문, 천형을 지고 태어나 거리조차 활보하지 못한 밀원, 그리고 고작 상인들의 고혈이나 빼먹으며 건달짓을 해온 흑사방, 그들 모두 떳떳하게 세상으로 나오고 싶어하는 열망이 있었지."

곽주한의 얼굴에 알 수 없는 미소가 생겨났다.

"모두가 부족한 이들이었지만 그들의 단결된 힘에 정무협도, 오가회도 상대가 되지 않았어. 물론 귀문이 마교를 막아주어서 가능한 일이었지만 말이야."

"……."

길게 늘어놓는 곽주한의 말에 주량은 묵묵히 듣기만 했다.

"한데… 당신은 나의 예상을 벗어나더군. 마치 질풍처럼 무림을 집어삼키기 시작하더군. 나로서는 꿈도 못 꿀 일이야. 후후."

곽주한이 자조 섞인 웃음을 지으며 무인들을 밀치고 앞으로 나섰다.

"대답해 주지. 난 말이야, 누구의 밑에 있을 수 없는 사람이야. 반골이거든. 큭큭. 내 선택은 사흑련이야. 비록 일장춘

몽에 불과했지만 난 사흑련과 함께할 수밖에 없어. 이 모자란 자들은 내가 아니면 제대로 살아갈 수 없거든."

"구, 군사……."

사흑련의 무인들이 곽주한을 바라보았다.

귀왕의 제안에 응해도 누구 하나 욕할 사람은 없었다. 그럼에도 곽주한은 그의 청을 거절한 것이다, 이미 무너져 버린 사흑련을 위해서.

"감상적이군."

주량이 피식 웃는다.

"그래, 감상적이지. 하지만 말이야, 투항해서 손가락질받는 것보다는 적어도 버티다 목숨을 잃으면 후대에 멋진 사내로 전해지지 않겠어? 단지 목적한 바를 이루지 못해 안타까울 뿐이지."

"그렇군. 그것이 너의 뜻이군. 단번에 죽여주마. 그것이 너에 대한 나의 예의다."

"고맙군. 대신에 남은 이들은 살려줬으면 좋겠어. 어차피 이들은 아무것도 못하니까."

"약속하지."

주량이 고개를 끄덕이고, 적귀를 슬쩍 돌아보자 붉은 귀면탈의 사내가 검을 빼 들고 곽주한에게로 천천히 다가갔다.

들어 올린 검극에 햇빛이 반사되어 곽주한의 눈을 어지럽혔다.

'후, 결국 이렇게 죽는군. 후후.'

곽주한은 무릎을 꿇고 천천히 눈을 감았다.

그때 사흑련이 진을 치고 있는 뒤편에서 나뭇가지 스치는 소리와 함께 한 떼의 인영이 날아들었다.

"멈춰라!"

외침과 함께 터져 나온 반월형의 강기.

콰드득!

적귀는 곽주한을 향해 검을 내려치지 못한 채 물러나고 말았다.

적귀가 있던 자리의 지면이 한 자나 되는 깊이로 길게 파여졌다.

무릎을 꿇은 곽주한의 앞을 막아선 것은 날이 두 자나 되는 도를 꼬나 쥔 사흑련주 방시혁과 사황대주 천하성이었다.

"련주?"

곽주한의 눈이 묘하게 변했다.

기세 좋은 등장이었지만 방시혁은 이미 예전의 당당했던 모습을 찾아볼 수 없을 정도로 피폐해져 있었다.

어떻게 된 일인지 그의 오른팔의 소매가 바람에 헐렁거렸고, 온몸에는 붕대를 감고 있었다.

곽주한이 천하성을 쳐다본다.

그 역시 얼굴의 반을 붕대로 감고 있었다.

아마도 송학 도장과의 싸움에서 얻은 상처인 모양이었다.

"군사, 늦어서 미안하다. 회복에 시간이 좀 걸려서 말이야."

"련주."

"혼자서 너무 멋있게 죽는 거 아닌가? 그런 것은 한 무리의 수장만이 할 수 있는 것이야."

"련주!"

"인사는 나중에 하지. 지금은 저들은 막아야 하니까."

"……."

방시혁이 애도를 고쳐 잡고 주량을 향해 걸어갔다.

"그대가 귀왕이군."

"사흑련주인가?"

"그래."

"송학 도장과의 일전은 들었다. 삼황 중 일인을 막아내다니, 대단하군."

"그래. 하지만 그 싸움으로 한 팔을 잃었고, 일백여 명의 수하 중 둘만 남았지."

방시혁이 씁쓸하게 웃었다.

"제법 부상이 심한 듯한데……."

"아무렇지도 않다. 최선을 다해야지."

방시혁은 자신의 몸 상태를 잘 알고 있으면서도 허세를 부렸다.

"……."

주량이 방시혁을 쳐다보았다.

"그렇군. 그렇겠군. 최선을 다해주지."

"고맙군."

주량의 말에 방시혁이 얼굴에 미소를 띠었다.

방시혁은 자신이 주량의 상대가 되지 못함을 잘 알고 있었다.

그럼에도 천자산까지 부상을 입은 몸으로 달려온 것은 수장이라는 책임감과 곽주한을 살리고자 하는 마음 때문이었다.

아무것도 아닌 자신을 정상의 자리에 올려놔준 곽주한에 대한 은혜를 갚는 길이라고 생각했다.

그리고 천자산에 도착해 모든 상황을 바라본 그는 자신의 결정이 틀리지 않았음에 안도했다.

"나의 죽음으로……."

"다른 이들은 살려달라는 말이겠지?"

"응?"

"후… 당신의 수하가 그리 말하더군. 약속하지. 막지 않는다면 해하지 않겠다."

"……."

방시혁은 주량이 자신의 할 말을 뺏어가자 어이없는 표정으로 곽주한을 쳐다보다 피식 웃음을 터뜨린다.

"이거 참… 마지막까지 선수를 빼앗기는군."

"그래, 당신은 좋은 수하를 둔 듯하군."

"유능한 수하지. 믿음직하고. 어쩌면 사흑련의 수장은 내가 아니라 그였을지도 모르고 말이야."

방시혁의 말에 주량이 고개를 끄덕였다.

"멋있게 죽여주기 바라네."

"……."

희미하게 웃으며 방시혁이 도를 집어넣고 발도세를 취했다.

웅, 우우웅!

왼손으로 검을 잡은 그가 자세를 낮추며 당장에라도 튀어 나갈 듯이 검을 움켜쥐자 검명이 울리고 엄청난 공력이 모여들어 그의 의복을 팽팽하게 부풀려 올렸다.

방시혁은 온몸의 기운을 왼팔에 집중하고 있었다.

자신이 가진 최고의 발도를 할 생각인 듯했다.

"받아주지."

주량 역시 주먹을 움켜쥐고 자세를 잡았다.

막대한 기파가 두 사람의 사이에서 퍼져 나가기 시작했다.

어느 순간 대기가 흐름을 멈추었고, 방시혁의 오른발이 지면을 스치며 천천히 앞으로 밀려 나왔다.

자세가 낮아지고 굳건히 대지를 딛고 있던 양다리의 근육이 팽팽하게 당겨진 순간, 그의 일도가 폭발하듯이 터져 나왔다.

"참월(斬月)!"

슈가가각!

도갑을 긁으며 불꽃을 튀어 올린 도신이 횡으로 베어지며 막대한 기운이 세상의 모든 것을 잘라 버릴 기세로 주량을 향해 떨쳐졌다. 순식간에 도신으로 모여든 기운이 반월형의 강기로 변해 주량에게 날아갔다.

핏!

도기의 폭풍이 휘몰아치는 순간 주량의 몸이 꺼지듯이 사라지자 목표를 잃은 도강은 천자산의 정상을 날려 버렸다.

일도에 모든 힘을 쏘아 보낸 방시혁은 더 이상 도를 들고 있을 힘조차 없는 모습으로 비틀거렸다.

터억.

비틀거리는 방시혁의 앞에 나타난 주량이 그의 가슴에 가볍게 손을 올렸다.

"쇄혼장!"

주량이 읊조리듯이 나지막하게 말했다.

터엉!

주량이 손에 힘을 가하는 순간 방시혁은 피분수를 뿜으며 실 끊어진 연처럼 떠올랐다 지면에 처박혔다.

"려, 련주!"

곽주한이 눈에 핏발을 세워 올리며 부르짖었다.

"이 개자식!"

쓰러진 방시혁의 모습을 바라보던 천하성이 괴성을 지르며 검을 뽑아 올렸다.

"머… 멈추게."

고개조차 들어 올리지 못하고 핏물을 울컥거리는 방시혁

이 마지막 기운을 짜내어 목소리를 내었다.

"련주!"

죽었을 것이라 생각했던 천하성이 검을 내리고 쓰러진 방시혁에게로 다가갔다.

"커억……."

쏘아낸 핏물이 역류하자 방시혁이 고통스러워했다.

"려, 련주, 말하지 마십시오. 말하지 마십시오."

천하성이 방시혁을 안아 일으키고 세차게 고개를 내저었다.

"련주."

곽주한이 애잔한 눈으로 방시혁에게 다가왔다.

"군사……."

"련주……."

"고맙네……."

"……."

"좋은 꿈을 꾸었어. 즐거운 꿈이야. 쿨럭! 멋들어진 꿈을… 꾸어보았으니… 죽는다 해도… 원이 없어……."

"려, 련주……."

곽주한의 눈에 뜨거운 습막이 차올랐다.

"후후, 괜찮아, 괜찮아……. 나야 어차피 낭인으로 살았을 사람이 아닌가? 하지만… 자네는 이곳에서 죽어서는 안 되네. 나를 대신해서… 저들을 보살펴야지. 나로선 자신이 없네. 자네가 아니었다면 이만큼 달려오지도 못했을 게야."

"……."

곽주한은 죽어가는 방시혁 앞에서 아무런 말도 할 수가 없었다.

"쿨럭!"

방시혁이 한 움큼이나 되는 핏물을 쏟아내자 사흑련의 무인들이 모두 검을 내려놓고 그의 곁으로 다가와 무릎을 꿇었다.

울혈을 토해내서 내상이 조금 편해졌음인지, 죽기 전의 회광반조인지 모를 얼굴로 방시혁이 고개를 돌려 주량을 찾았다.

"귀왕……."

"……."

"최고의 죽음을 맞이하게 해주어서 감사하오."

그 말을 끝으로 방시혁의 고개가 떨어졌다.

"려, 련주……!"

"련주!"

천하성의 품에서 싸늘하게 식어가는 방시혁의 주검에 천자산이 오열하는 소리로 가득 찼다.

"천귀!"

"예, 귀왕."

"싸움은 끝났다. 시신을 수습하고 기련산으로 돌아간다."

"존명."

힘없이 처진 어깨를 하고 방시혁의 시신을 들쳐멘 사흑련의 무인들을 바라보는 주량은 왠지 모를 씁쓸한 기분이 들었다.

주량은 사흑련의 무인들이 완전히 모습을 감출때까지 시선을 떼지 않았다.

귀문이 막 시신을 수습을 끝냈을 때 두명이 도착했다.

"이, 이런······."

눈앞에 보이는 참상에 무명이 잠시 할 말을 잃고 말았다.

"어찌······."

아름다웠던 절경은 지옥도로 변해 있었다.

무명은 굳은 얼굴로 뒷짐을 진 채 무표정하게 서 있는 주량에게로 다가갔다.

"주 공자."

"무명이군. 싸움은 끝났네."

"아······."

그 말 한마디로 무명은 사흑련이 패배했음을 알 수가 있었다.

"결국 무림을 얻으셨군요."

"축하라도 해줄 셈인가?"

"······."

목표를 이루었음에도 주량의 목소리는 왠지 모를 상실감이 느껴졌다.

"더 이상의 싸움은 없을 것이네."

"그렇군요."

"하지만… 씁쓸하군. 무림을 손안에 넣었지만 씁쓸해."

"……."

주량의 말에 무명이 한동안 말을 잃고 주량의 등을 바라보았다. 하지만 무명은 서둘러 알아내야 할 것이 있었다.

"주 공자."

"말하게."

"한 가지 여쭈어도 되겠습니까?"

"응?"

"혹 야랑이라는 자를 아십니까?"

"야랑?"

"예."

"처음 듣는 이름이군."

주량이 고개를 내저었다.

'역시.'

주량은 아닌 것이다. 하긴 그의 성격으로 봤을 때 음모를 꾸밀 사람으로 보이지는 않았다.

그렇다면 분명 귀문에 야랑과 관계된 자가 있을 터였다.

"이제 무엇을 하실 생각입니까?"

"글쎄… 아직 생각해 본 적은 없네. 일단은 무림을 손안에 넣는 것이 목표였으니까."

"그렇군요. 하면 당분간 무림 이외의 일에서는 손을 떼어주십시오."

"응?"

주량이 무명의 말이 뜻하는 바를 알지 못해 고개를 갸웃거렸다.

"그게 무슨 소린가?"

"아직은 말씀드릴 수가 없습니다. 하여튼 무슨 일이 있어도 무림과 관계되지 않은 일에 나서지 말아주십시오."

"……?"

주량이 무명의 얼굴을 쳐다보았다.

지난밤에 찾아와서는 싸움을 멈추어달라 하고, 지금은 무림과 관계되지 않은 일에 움직이지 말아달라니…….

"주 공자는 지금의 황제에 대하 어찌 생각하십니까?"

"지금의 황제? 글쎄… 아직 생각해 본 적은 없군."

"혹, 주씨가를 다시 일으키고 싶으시진 않습니까?"

무명이 갑자기 망해 버린 명조의 황가를 들먹이자 주량이 언짢아진 표정으로 눈살을 찌푸렸다.

"주씨가를? 후후, 글쎄… 이미 망해 버렸지 않은가? 나는 그다지 황제가 되고 싶은 생각은 없어."

"그렇군요. 알겠습니다."

"궁금하군. 도대체 무슨 의미로 하는 스리들인가?"

주량이 답답함을 참지 못하고 무명을 쳐다보았다.

"귀문의 금력에 대해 생각해 보셨습니까?"

무명이 시신이 널려 참혹하게 변해 버린 천자산의 산비탈을 향해 고개를 돌리고 뜬금없이 물었다.

"귀문의 금력?"

"예. 무림을 정벌하기 위해 많은 무인이 필요하지요. 또한 많은 무인을 길러내고 생활을 하자면 많은 돈이 필요하지요."

"……."

한 번도 생각해 보지 않았던 일이다.

무명의 말을 듣고 보니 귀문이 어떻게 유지되는가 하는 것에는 한 번도 관심을 가져본 적이 없었다.

"무슨 말을 하고 싶은 건가?"

"아직 말씀드릴 단계는 아닙니다. 확실한 것은 없으니까요. 일단 제 말대로 해주십시오. 절대로 무림의 밖으로 나오시면 안 됩니다. 부탁드리겠습니다."

무거운 음성으로 부탁한 무명은 다시 한 번 천자산의 참상을 둘러보며 얼굴을 굳힌 채로 천자산 아래로 몸을 날렸다.

"이봐! 무명!"

주량이 불렀지만 이미 무명은 사라지고 없었다.

알 수 없는 말만을 내뱉고 사라진 무명으로 인해 주량이 한동안 고개를 갸웃거렸다.

第三章
백린영사

쾅! 콰쾅!

"이런 제길!"

바위가 부서져 내리고, 하늘이 울릴 만큼의 소음과 함께 욕설이 섞여 동혈 안을 가득 울렸다.

"뭐, 이런?"

쿠앙!

거대한 물체가 백의인을 향해 사정없이 날아와 부딪쳤다. 피하지 못했다면 살 수 있었을까 하는 착각마저 들었다.

목표를 잃고, 석벽에 머리를 들이박은 것은 붉은 눈에 백색 비늘로 뒤덮인 머리를 가진 괴수였다. 한 아름의 두께와 무려오 장이나 되는 덩치를 가진 뱀. 사람들이 '백린영사(白鱗靈巳)' 라는 이름을 지어준 괴수는 피해 버린 목표에게 팔뚝만 한 독아를 드러내며 분노를 피워 올렸다.

"휴우, 과연 백 년이나 묵은 괴수답구나!"

백의인은 진정으로 감탄했다.

천하제일이라는 칭호로 불린 자신의 일장을 우습게 튕겨 버린 것도 모자라 자신을 압도하는 괴력은 정말이지 놀라울 정도였다.

백의인은 바로 무명의 단전을 찾기 위해 떠났던 장영이었다.

이미 예전의 모습을 찾아보기 힘들 정도로 주름이 가득한 얼굴의 노인이었으나 그 눈에 빛나는 정광은 여전했다.

"놈, 아무리 내력의 태반을 소실했다고 하나, 미물에게 당할 내가 아니다!"

크아아아!

장영의 무시하는 말에 더욱 화가 난 듯한 백린영사는 똬리를 틀고 독기를 뿜었다. 동혈 안은 금세 독연으로 가득해졌다.

"이놈아, 일찍이 만독불침이었던 나다. 네놈이 그리 발광한다고… 윽!"

우습게 생각했던 장영이 갑자기 밀려온 어지러움에 비틀거렸다.

'과연 사중지왕(巳中之王)이라더니… 보통의 독기가 아니구나.'

장영이 무명을 떠난 지 벌써 십여 년.

그는 단전을 복구할 수 있는 방법을 찾기 위해 수만 가지 의학서를 뒤졌고, 황궁의 비서각마저 털었다.

이름난 의서는 다 뒤져 보았지만, 무명의 단전을 바로잡을 수 있는 방법은 없었다.

그러다 문득 '극음과 극양의 기운이 충돌하면 죽은 이도 살릴 수 있다' 라는 말에 이끌려 세상천지를 뒤지던 중에 북해의 빙동에서 극양의 기운을 지니고 있다는 백린영사를 찾아내었다.

산만 한 덩치의 곰을 수십 마리나 떼죽음시킨 백린영사의 첫 모습은 지금도 소름이 돋아 오르게 했다.

"그리 발악해도 어쩔 수 없다. 네놈 내단이 꼭 필요하다 이 말이지."

어지러움을 뒤로하고 장영이 백린영사를 노려보며 자세를 바로잡았다.

스슷.

기다란 혓바닥을 날름거리며 기회를 살피는 백린영사는 장영의 자세에서 불안함을 느꼈는지 쉽게 다가서지 못했다.

크아아아!

서로 공격하지 못하고 노려보기를 일각, 장영의 눈이 살짝

깜빡이는 찰나 백린영사의 독아가 번개가 무색할 정도의 속
도로 장영을 향해 날아왔다.

콰드득!

재빨리 옆으로 돌아 피한 장영의 뒷벽에 백린영사의 이빨
이 깊숙이 박혀들자 때를 놓치지 않은 장영의 주먹이 그 목
언저리를 강타했다.

퍼엉!

끼아아!

"큭!"

충격이 컸을까? 백린영사가 밀려 나가며 괴성을 질러대었
고, 반탄력에 주먹이 부서지는 충격을 느낀 장영의 입에서 신
음성이 흘렀다.

스슷.

백린영사와 장영은 서로에게 간격을 두면서 멀어졌다. 서
로에게 위협을 느낀 모양이었다.

크르르르.

낮은 울림성을 내며 장영을 노려보는 백린영사와 충격을
가라앉히기 위해 석벽에 몸을 기댄 장영, 둘 모두가 서로에게
감탄하고 있었다.

치이이.

"……."

백린영사가 이빨을 박아 넣은 석벽이 독기에 허옇게 녹아

내렸다.

'엄청난 독기로구나.'

석벽이 녹아내리며 피어오른 독연에 어지럼증이 더욱 강해졌다.

"젠장할."

장영은 일단 물러서기로 했다.

지금의 몸 상태로는 백린영사를 잡을 수가 없었다. 백린영사는 충격에 놀란 것일 뿐이지 피해를 일은 것이 아니었다. 장시간의 싸움에서 불리한 것은 자신일 수밖에 없었다.

"좋다! 일단 오늘은 내가 물러나도록 하마! 하지만 조만간 다시 준비해서 오마! 네놈, 그때까지 내단을 잘 보관하도록 해라!"

승산이 없다 생각한 장영이 서둘러 몸을 날렸다.

크롸롸롸!

엄청난 울음이 동혈이 무너져라 퍼져 나왔으나 백린영사는 그의 뒤를 쫓지는 않을 모양이었다. 아마도 좀 전의 울음소리는 승리를 자축하기 위한 것이리라.

"뱀새끼 주제에… 어디 두고 보자. 제길, 다음번엔 피독주라도 챙겨와야겠군. 피독주가 효험이 있을지는 모르겠지만."

운남성 중부에 위치한 역문(易門).

그리 큰 마을은 아니었지만 제법 사람들의 왕래가 잦은 곳이었다.

역문현의 중앙을 가로지르는 관도를 따라 그 끝에 다다르면 제법 오랜 시간 동안 자리 잡고 그 유명세를 얻고 있는 약방인 선약원(仙藥院)이 자리하고 있었다.

오 대째를 이어오며 중원제일이라 자부할 만큼 뛰어난 단약을 만들어내는 그 선약원은 연일 도처에서 몰려드는 사람들로 가득했다.

의원만도 모두 열이 있었고, 각 의원이 아래로 두고 있는 의생만 수십이었으니 선약원을 이루는 의맥의 인물만도 백여 명을 헤아렸다. 선약원의 의원 하나하나가 중원에서 선의라 추앙받는 자들이었으니 못 고치는 병이 없다 했다.

해가 중천에 떠오른 그 시각, 선약원은 오늘도 수많은 환자들과 단약을 구하기 위해 온 사람들로 붐비고 있었다.

"허참, 원주를 만나러 왔다지 않는가."

선약원으로 들어가기 위해 환자들이 장사진을 이룬 그 정문 앞에 허름한 옷을 입은 노인과 문지기가 실랑이를 벌이고 있었다.

백발이 성성함에도 그 눈에 맑은 선기가 느껴지는 노인이었지만 어디서 변을 당했는지 입고 있는 옷은 구정물이 줄줄 흘렀고 푸석푸석하게 변해 있었다.

그는 바로 얼마 전에 백린영사(白鱗英巳)와 목숨을 건 사투를 벌이고 산을 내려온 장영이었다.

"아, 글쎄, 원주님은 따로 환자를 받지 않는다니까요. 의원에게 볼일이 있으면 저들처럼 줄을 서면 될 일이 아닙니까?"

"허, 사람 참, 누가 병환을 고치자 왔다던가? 원주를 볼일이 있어 왔다니까."

문지기의 말에도 장영은 강경하게 버티며 문 안으로 들어가려 했다.

적어도 팔십은 되어 보이는 노인이 무얼 먹어서 그리 힘이 좋은지 옷자락을 부여잡고 몸으로 막아 세우는 문지기들이 땀을 뻘뻘 흘리며 애를 먹고 있었다.

"놓게. 거참, 선약원주를 만나야 할 일이 있다니까."

"그럴 수 없소. 원주님이 그리 한가한 인물인 줄 아쇼?"

장영의 걸음에 질질 끌리는 듯한 문지기들이었지만 필사적으로 그를 막아 세우고 있었다.

"웬 소란인가?"

정문을 넘어서자 제법 관을 멋들어지게 쓴 의생이 문지기에게 호통을 쳤다.

"히익, 단약의님!"

호통 친 이를 본 문지기가 급히 장영을 놓고는 고개를 숙여 예를 취했다.

"무슨 일이기에 환자들이 많은 곳에서 이리 소란인 게요? 의원들이 환자를 돌보는 것이 무척이나 집중을 요한다는 것을 모르는 게요?"

"그게 아니오라… 이 노인이……."

문지기가 뒷머리를 긁으며 장영을 가리키며 하소연을 했
다.

장영 때문에 야단을 맞게 되었으니 그 눈길이 좋을 리 없었
다. 하지만 그런 문지기의 마음을 아는지 모르는지 장영은 딴
청만 피우고 있었다.

"전 선약원에서 단약 제조를 배우고 있는 단약의 곡생이라
고 합니다. 노인장께서는 뉘십니까?"

역시 배운 놈은 뭐가 달라도 다르다는 옛말처럼 단약의라
는 젊은 의생이 장영을 향해 공손하게 물어왔다.

"나는 장영이라는 사람일세. 선약원주를 만나러 왔네."

"아, 그렇습니까? 하지만 원주님께서는 함부로 외인을 만
나지 않으십니다. 특히나 요즘은 중요한 환자를 돌보고 있어
외부의 출입을 삼가고 계십니다."

"중요한 환자라고?"

"예."

곡생는 공손하게 말하고 있었지만 내심 장영에 대해 불쾌
한 감정을 가지고 있었다.

자신이 존경해 마지않는 선약원주 담심허는 굉장한 의원
이었다.

과거 무림인으로 살아오다 의술에 매료되어 공부를 시작

했는데 못 고치는 병도, 못 만드는 단약도 없었다.

풍이 짙어져 숨이 금세라도 넘어가는 환자를 삼 일 만에 고치는가 하면 문둥병의 환자들을 고친 이력도 있다 했다. 뿐만 아니라 그가 만드는 단약은 신비한 효능을 가지고 있어 억만 금을 들고 찾아오는 이들도 수두룩했다. 하나 자신이 원하지 않으면 아무리 많은 보화를 내놓아도 단약을 만들어주지 않을 정도로 고집 센 인물이기도 했다.

돈이 없는 이들은 공짜로 고쳐 주기도 했고, 어느 곳에서 전염병이 돈다 하면 발 벗고 나서서 도와주는 것으로도 유명해 사람들은 그를 선의(仙醫)라 부르며 존경해 마지않았다.

사실 지금도 운남성주의 둘째 아들이 원인 모를 병에 걸려 찾아온 것을 성주가 하도 간곡히 부탁해 직접 돌보고 있는 중이었다. 만약 운남성주가 선민정치를 하지 않았다면 어림도 없을 일이다.

그런데 그런 선약원주를 이런 꾀죄죄한 몰골로 찾아와 만나게 해달라고 하니 단약의 곡생이 장영을 좋게 볼 리 없었다.

"음… 하지만 중요한 환자라 해도 내가 만나자 하면 만나 줄 것이네. 어디 있는가?"

"아니, 왜 이러십니까? 어찌 선약원주를 만나러 온 자가 이리 안하무인이시랍니까?"

"뭐? 안하무인?"

"예! 지금 여기 모인 환자들이 보이지 않습니까?"

곡생이 호통치듯이 말하자 장영이 금세 머쓱해졌다.

하긴 자신의 제자를 고칠 생각과 백린영사와의 싸움에서 자존심이 상해 억지를 부리긴 했지만 자신이 조금 너무했다는 느낌도 들었던 것이다.

곡생의 호통에 주위의 환자들 시선이 느껴진 장영이 헛기침을 터뜨렸다.

"크흠… 듣고 보니 내가 심했구만. 소란을 떨었어. 하면 이곳에서 기다릴 터이니 말이나 좀 전해주게."

"말이요?"

"그러네. 선약원주에게 장영이 찾아와 기다리고 있다고만 전해주면 되네."

장영의 말에 곡생이 그를 위아래로 쳐다보다가 어쩔 수 없다는 표정으로 고개를 끄덕거렸다.

"좋습니다. 일단 안에 기별을 넣어보지요."

곡생은 일단 장영을 안심시키기로 했다.

평소에도 이런 부류의 막무가내형 노인들이 하도 많이 찾아왔기 때문에 곡생은 장영의 부탁을 건성으로 생각했다.

"거기."

"예, 단약의님."

곡생의 부름에 문지기 중 하나가 공손히 고개를 숙여왔다.

"가서 원주전에 기별을 넣으시게."

"예? 정말이십니까?"

"허, 이 사람 참. 그럼 허언을 하겠는가? 저분이 어찌 원주님을 아시는지는 모르지만 일단은 기별을 넣도록 하게나."

"예? 아, 예."

문지기는 떫은 감이라도 씹은 표정으로 장영을 쳐다보더니 문 안으로 뛰어들어 갔다.

"그럼 잠시 이곳에서 기다리시지요."

곡생은 장영에게 인사를 하고 제 갈 길로 사라졌고, 장영은 잠시 한쪽 담벼락에 기대앉아 기다렸다.

장영은 한가롭게 내리쬐는 햇볕이 얼굴에 와 닿자 무척이나 기분이 좋아져 주위를 둘러보았다.

선약원의 뜰 안에는 갖가지 병명으로 찾아온 이들이 의원들과 의생들에게 치료를 받고 있었다.

'여전하군. 십 년도 넘게 지났구만. 허허.'

장영은 오래전에 보았던 선약원의 모습과 한 치도 다름이 없음에 흐뭇한 미소를 지었다.

감숙성 주천에서 대장간을 열고 있던 사도강도 그렇고 선약원주도 그렇고 모두가 과거를 잊고 자신들이 꿈꾸는 곳에서 새로운 삶을 살아가고 있는 것이다.

"자네, 그 소식 들었는가?"

"응? 무얼 말인가?"

문득 귓속을 파고드는 대화에 눈을 감고 졸려던 장영이 고개를 돌렸다.

그곳에는 한 떼의 낭인들이 치료를 받기 위해 대기하면서 소곤거리고 있었다.

"천자산이 완전히 박살이 났다고 하더구만."

"듣긴 했네. 무인들의 시신이 산 아래를 가득 채웠다지?"

"음… 천자산 아래가 혈해를 이루었다고 하더군. 사흑련이 완전히 패한 모양이야."

"저런… 정무협을 부쉈을 때만 해도 사흑련이 제법 길게 가겠거니 생각했는데… 귀문에는 상대가 되지 않은 모양이지?"

"그런 모양일세."

장영은 고개를 갸웃거렸다.

사흑련이라면 이미 오래전에 명이 무너지면서 망해 버렸지 않은가? 그들이 다시 발호를 했단 말인가? 더구나 귀문이라니, 귀문은 또 처음 듣는 단체가 아닌가?

더욱더 놀라운 것은 정무협이 사흑련에 부서졌다는 것이다.

오랫동안 무림을 떠나 있었던 장영은 소식에 어두운 관계로 낭인들의 말에 흥미를 느끼고 귀를 기울였다.

"혹시 자네 풍룡이라고 아는가?"

"풍룡?"

"음."

"알지. 중원사룡의 한 명이 아닌가? 모용세가에서 홀로 흑사방을 막은 것은 너무도 유명한 일이니까."

"음… 맞네. 한데 그가 이번에 천자산에 나타났던 모양이야."

"천자산이라고?"

"그래."

"왜 귀문의 수장과 싸움이라도 크게 벌였다던가?"

"그건 아닌 듯하더군."

"아니라고? 난… 또…….."

"싸우진 않았어도 천자산 혈겁에 나타난 것은 사실인 모양이야."

"그나저나 풍룡과 귀문의 수장이 싸우면 어찌 될까?"

"글쎄… 풍룡이 이기지 않을까?"

"에이… 이 사람, 상대는 귀왕일세."

"하긴… 무림의 주인인 자이니……. 하지만 풍룡이 소속된 곳이 없어 그렇지, 그의 무명도 엄청나지 않은가? 들은 소문에 의하면 그가 사흑련과의 싸움에서 정무협과 오가회의 무인들을 구했다고 하던데…….."

"어허! 이 사람 참. 송학 도장께서 방시혁에게 물려났다는 말을 못 들었는가?"

그 말에 장영이 고개를 갸웃거렸다.

송학 도장이 얼마나 강한지는 잘 알고 있었다. 아마도 무림의 소문이니 과장이 있었을 것이라 생각했다.

"그래?"

"그렇다네. 그리고 귀왕이 그 방시혁을 죽였다고 하더구만."

"흐흠.

"그런 일이 있었단 말인가?"

"그렇다니까? 원, 속고만 살았나. 쯧."

"그래도 나는 풍룡에게 걸겠네. 생각해 보게. 바람의 힘을 사용한다는 풍룡이 아닌가? 어느 인간이 자연의 힘을 사용하는 무공을 할 수가 있겠나? 내 듣기로는 그의 손에서 폭풍이 일어난다고 하더구만."

"하긴 그도 그렇군. 어쨌든 앞으로 어찌 될지……."

낭인들의 말에 장영이 조금 더 귀를 기울이고 있었다.

'바람을 이용한다고?'

낭인들의 대화에서 장영이 고개를 갸웃거렸다.

자신이 알기로 무림에서 바람을 이용하는 무공은 단 하나도 없었다. 더구나 그런 무공이 있다는 것은 정말 얼토당토않은 소리에 불과했다.

'별… 하긴, 무림에야 원체 희한한 소문이… 응?'

잠시 어이없어하던 장영이 일순간 머리를 스치고 지나가

는 것에 눈을 번쩍 떴다.

바람을 이용하는 무공이라면 분명 한 명이 존재하고 있었다.

바로 자신의 제자인 무명이 그러한 무공을 배우고 있었지 않는가?

'허, 설마 그 아이가 승풍의 깨달음을 얻었단 말인가?'

단전을 얻기 전에는 불가능할 것이라 생각했던 것이 현실로 이루어졌단 말인가?

장영이 낭인들의 말에 관심을 가지고 집중했다.

"한데 이상한 것은 말이야, 그 싸움 이후에 귀문의 움직임이 없다는 것이네."

"그래? 그럼 정무협과 오가회는?"

"아마 항복한 모양이지. 세상을 오시하려던 사흑련이 무너졌으니 이미 사흑련에 패해 문을 걸어 잠갔던 그들도 도리가 없었을 게야."

"허참, 이리되면 중원의 주인이 바뀌는 건 아닌지……."

"무얼 그런 것을 가지고 그러는 게야? 우리야 중원의 주인이 누구든 상관없지 않은가?"

"하긴……."

낭인들은 더욱 많은 이야기를 나누고 있었지만 이미 제자에 대한 소문을 들은 장영에게는 관심거리가 되지 못했다.

'녀석, 그러고 보니 안 본 지 십 년이 되었구나. 허허, 어찌

변했을지······.'

장영의 얼굴에 흐뭇한 미소가 지어졌다.

풍룡이라 불린다 하니 필시 승풍취천까지는 아니더라도 승풍의 뜻을 얻기는 했을 터다.

막 장영이 제자와의 기억을 더듬으며 기분 좋은 상상에 빠져 있는 동안 선약원의 안쪽 문이 열리며 백의 장삼에 선풍도골의 노인이 헐레벌떡 뛰어나왔고, 그 뒤를 따라 서너 명의 의원이 뒤따라왔다.

신발도 신지 않은 버선발이니 얼마나 급했는지를 여실히 느끼게 했다.

"아니, 저분은 선약원주님이 아닌가?"

"그러네. 내 저분을 직접 뵙는 날이 있다니!"

의원들은 진료를 멈추고 급히 고개를 숙였고, 환자들은 존경의 눈으로 선약원주를 쳐다보았다.

"어디, 어디 있는가?"

무엇을 찾는 것일까? 선약원주가 평소 보이지 않던 다급함으로 사방으로 고개를 휘돌리며 누군가를 찾고 있었다.

"근데 버선발이시네?"

"그래. 뭔가 찾으시는 모양인데… 저분이 저런 모습을 보이시다니······."

의원들은 선약원주의 모습에 고개를 갸웃거렸다.

평소 인자하고 자상한 성품에 항상 침착하기만 한 그가 어째서 저리도 당황한 모습이란 말인가?

"……!"

뜰 안을 샅샅이 뒤지던 선약원주가 담벼락의 한곳에 기댄 장영을 발견하고는 반색하며 달려왔다.

"이 사람! 장가!"

달려오자마자 장영의 손을 맞잡고 기쁜 듯이 탄성을 터뜨리자 선약원에 모여 있는 이들의 어안이 벙벙해졌다.

특히나 선약원주에게 말을 전하러 갔던 문지기와 진료소 안을 돌고 있던 단약의 곡생의 놀람은 더욱 크기만 했다.

"어, 어찌 된 일인가?"

곡생이 소곤거리는 목소리로 문지기에게 다가와 넌지시 물었다.

"그게… 저는 그저 장영이란 분이 찾아왔는데 혹 아시느냐 여쭙기만 했습니다. 한데 갑자기 원주전 문이 벌컥 열리더니 원주님께서 신발도 신지 않고 뛰어나와서는 제게 어디 있느냐 호통을 치는 통에……."

"호통을?"

"예. 저런 원주님의 모습은 처음입니다."

"……."

곡생이 고개를 돌려 선약원주와 장영을 쳐다보았다.

뜰 안에 있던 이들의 시선이 모두가 그 둘을 향해 집중되었지만 선약원주는 전혀 신경 쓰지 않았다.

"이 사람, 이 매정한 사람아, 왔으면 바로 들어오지 않고 뭣 하러 이곳에서 나를 기다린단 말인가?"

눈물이라도 흘릴 듯이 말하는 그의 모습에 장영이 피식 웃었다.

"예나 지금이나 눈물이 많은 것은 여전하구만. 허허허. 중요한 환자를 보고 있다기에 잠시 기다렸네. 그보다 잘도 나를 알아보았구만."

"그 무슨 섭섭한 소린가? 알아봐야지. 어찌 자네의 기운을 내 알지 못할까? 이리 늙은 모습이라도 응당 자네를 알아보아야지. 암!"

"허허, 사람 참……."

장영이 변함없는 벗의 모습에 헛웃음을 흘렸다.

"오랜만에 뵙습니다. 많이 변하셨군요."

선약원주의 뒤에 있던 중년 의원이 고개를 숙이며 인사를 해오자 장영이 잠시 바라보다가 반색을 했다.

"허, 무춘이 자네구만."

"예. 잘 지내셨습니까?"

"그래. 자네도 많이 늙었구만그래."

"그렇지요. 뵌 지가 벌써 십 년도 넘었습니다."

"그런가? 하긴 그리되었구만그래. 허허, 그러고 보면 자네도 참 대단하이. 웬만하면 저 영감 꼬장꼬장한 성격 받기가 어려운데 말이야."

"하긴……."

장영의 말에 양무춘이 고개를 끄덕였다.

"하긴이라고?"

선약원주 담심허가 얼굴을 살짝 찡그리자 양무춘이 금세 딴청을 피웠다.

"자자, 어쨌든 오랜만에 왔으니 술이나 한잔하세."

"그럴까? 좋지."

담심허가 장영을 데리고 연신 웃음을 터뜨리며 안뜰을 나가자 이곳저곳에서 수군거림이 일어났다.

모두가 장영에 대한 이야기였다. 도대체 그가 누구기에 황가의 인물들이 와도 고개를 꼿꼿하게 들고 있던 선약원주를 맨발로 뛰어나오게 한단 말인가?

단약의 곡생이 조심스럽게 다가와 장영과 담심허의 뒷모습을 보고 있던 양무춘에게 조용하게 물었다.

"저어… 양 의원님."

"응? 아, 단약원의 곡의생이로구만. 왜 그러나?"

"저분이 누구시기에?"

"저분? 아, 사숙 말이구만."

"사숙이요?"

곡생이 화들짝 놀란다.

사숙이라면 자신이 건성으로 대했던 노인이 담심허와 동기간이라는 말이 아닌가?

"그래, 대단한 분이시지. 근래에는 어딘가에서 두문불출하시느라……. 하긴 나도 한 십 년 만에 뵙는 것이니까."

"십 년이면……."

"처음 스승님을 따라나섰을 때였지. 하여간 장 사숙은 대단한 분이지. 아마 전 중원을 뒤져도 저만 한 분을 만나 뵙기 어려울 게야. 그나저나 어째서 저리 늙은 모습이 되신 게지?"

양무춘이 고개를 갸웃거리며 담심허의 뒤를 따라 나갔다.

"도대체… 누구기에……."

선약원 원주전은 오늘 하루만큼은 꼭꼭 문이 닫히고 문 안에서는 금음과 기녀들의 웃음소리가 끊어지지 않았다.

멀리서부터 퍼져 나오는 주향에 음식의 향기가 원주전 안을 가득 채우고 있었다.

"그래, 어찌 지냈는가?"

담심허가 장영의 술잔을 따르며 물었다.

그의 얼굴은 이미 홍건하게 취기가 올라 붉게 변해 있었고, 장영의 얼굴 또한 그와 다르지 않았다.

"제자를 키웠지."

"제자를? 허, 별일일세."

"별일은……."

"자네가 키울 정도면 뛰어난 놈인 모양일세. 하긴 평범한 놈이라도 스승이 스승이니만큼 용은 되었겠지."

담심허가 고개를 끄덕였다.

"용은 무슨… 내 제대로 가르치지 못해 그 아이의 재능을 썩혀 버렸지."

"재능을 썩혀 버렸다고? 원 사람, 말도 안 되는 소리."

담심허는 장영의 내력을 잘 알고 있는 사람이었기에 실언이나 농이라고 치부했다.

"어쨌든 한번 보고 싶구만그래. 도대체 어떤 놈인지."

"뛰어난 아이라네."

"자네가 그리 말하니 더욱 보고 싶구만그래. 어쨌든 자네가 아무 일 없이 나를 찾아왔을 리는 없고… 그래, 무슨 일인가?"

"허, 이 사람, 무슨 일이 있어 찾아오는가?"

"당연한 것 아닌가? 자네가 언제 아무 일 없이 찾아오는 그런 사람이었는가?"

"하하, 그랬나?"

담심허의 말에 장영이 조금 머쓱했던지 뒷머리를 긁적거렸다.

"사실은 피독주가 필요해서 왔다네."

"피독주라고?"

"음."

"피독주는 뭐 하려고?"

장영이 품에서 작은 보자기를 꺼내놓았다.

"응? 이게 뭔가?"

담심허가 보자기를 풀어보고는 드러난 물건에 사레가 들릴 정도로 깜짝 놀라고 말았다.

"이, 이건!"

그의 놀람을 불러온 것은 바로 보자기에 싸인 두 가지 물건이었다. 붉은 구슬은 열왕지기를 가지고 있다는 화린금어의 내단이었고, 푸른 구슬은 세상에서 가장 높은 곳에서 살며 한빙지기를 가지고 있다는 만년홍학의 눈이었다.

"이… 이 귀한 것을 어찌……."

천운이 닿아도 구하기 힘들다 전해지는 전설의 물건이 눈앞에 나타나자 담심허가 마른침을 삼켰다.

"사실은 모두 제자 놈을 위해서라네."

"제자를?"

장영은 조금 침울해진 얼굴로 무명에 대한 이야기를 늘어놓았다. 모든 이야기를 들은 담심허가 어이없는 웃음을 흘렸다.

"자네… 미쳤구만그래. 이제 백린영사만 잡으면 세 가지 내단을 그 아이의 몸에 흡수시킬 생각이다 이건가?"

"음."

"말도 안 되는 소리! 당치도 않네. 혹여 잘못되면 그 아이의 몸은 남아나지 못할 게야. 아무리 단전을 복구하려 한다 해도 너무 과하지 않은가?"

맞는 말이었다. 단전을 복구하자면 다른 방법도 있을 법했다.

"사실 단전만이 아니네. 그 아이에게 좀 더 많은 힘을 주고 싶어서인 거야."

"그게 무슨……."

"그 아이가 익힌 힘은 승풍일세. 바람을 다스려야 한다는 말이지. 하나 인간의 힘으로 어찌 자연을 다스리겠는가? 말도 안 되는 소리지. 그렇기에 온전히 바람을 다스리자면 그 자연을 뛰어넘어야 하지 않겠는가? 어쩌면 이 세 가지 물건이 그 아이를 좀 더 높은 곳으로 데려다 줄지도 모른다네. 어쩌면 나조차 다하지 못한 무극의 뜻에……."

"그런……."

담심허는 진심 어린 장영의 눈빛에 할 말을 잃고 말았다.

"이제 백린영사 한 놈만 남았네. 그놈만 잡으면 그 아이를 찾아가 볼 생각이야."

"허, 미쳐도 단단히 미쳤구만, 단단히 미쳤어. 이러니 늙으면 죽어야 한다는 소리가 맞지."

담심허가 고개를 절레절레 흔들었다.

그 모습에 장영이 빙긋이 웃었다. 담심허는 필시 자신에게 피독주를 내어줄 것이다. 그는 그런 친구였으니까.

'명아, 조금만 기다려라. 이 스승이 반드시 네가 무극을 이루는 것을 보고 말겠다.'

장영이 자신을 어이없이 바라보는 담심허를 무시하고 술잔을 들이켰다.

第四章
귀문의 비사

무림군자

1

　햇볕이 내리쬐는 오후.

　열려진 창으로 고운 자태의 여인이 눈을 감고 얼굴에 내리쬐는 햇볕을 느끼며 기분 좋은 미소를 짓고 있었다.

　산새 소리며 바람이 스치는 소리가 그녀의 귀를 간지럽게 했다.

　"후우……."

　웃음을 떠올리던 여인이 문득 고운 아미를 찡그리며 한숨을 내쉬었다.

　"일향, 들어가도 되겠습니까?"

　"들어오세요."

여인은 바로 일향이었다.

기련산을 떠난 뒤 개방의 도움으로 새로운 터를 잡은 지 올해로 십 년이라는 시간이 흘렀다.

일향촌은 다시 활기를 되찾았고, 오래전의 그때처럼 평화로운 한때를 보내고 있었다.

일향은 문을 열고 들어오는 사내를 향해 고개를 숙였다.

"어서 오세요."

"예, 오랜만에 뵙습니다."

중년 사내는 한백이라는 이름을 가지고 있었다.

오 년 전 연을 맺은 뒤 상단을 그만둔 일향 대신에 일향상단을 이끌고 있었고, 한 달에 한 번씩 일향촌으로 돌아와 생필품을 전해주곤 했다.

하지만 알려진 신분은 상인이었으나 그는 일향이 비밀리에 키운 세력의 수장인 자였다.

"잘 지내셨습니까?"

"예. 한백님도 무탈해 보이시는군요."

"허허, 저야 늘 무탈하지요."

일향의 말에 한백이 너털웃음을 터뜨렸다.

"이번에는 천향루에 잠시 들렀습니다."

"네."

"혹 천향루주가 보고를 올렸습니까?"

"보고요? 글쎄요. 몇 달 전 이후로는 전해진 소식이 없습니다만… 무슨 일로?"

"흠, 그렇군요. 하면 혹시 무명이라는 자를 아십니까?"

"무명이라……. 꽤 익숙한 이름이군요. 들은 적이 있습니다. 무림에서 풍룡이라 불린다지요?"

일향이 고개를 끄덕였다.

무명에 대한 소식이라면 일전에 곽주한으로부터 들은 적이 있었다.

"예. 그가 천향루를 다녀갔다 하더군요."

"그렇습니까?"

"예. 천향루주는 일향촌의 위치에 대해서는 함구한 모양입니다만……."

"아, 잘한 일입니다. 이미 지나간 인연을 예서 다시 찾을 이유는 없지요."

일향이 대수롭지 않게 고개를 내젓자 한백은 잠시 말을 멈추었다.

보고하지 않아도 될 만한 사항이었지만 한백의 임무는 그녀와 관계된 모든 일에 대해 보고해 올리는 것이었다.

"참, 이번에 독특한 사내를 만났습니다."

"독특한 사내요?"

"예, 상행 중에 만난 사내인데……."

무슨 말을 하려는지 한백이 주위를 둘러보고는 소곤거리듯이 말을 이었다.

"일향님께서 찾고 계시는 그분에 대해 알고 있는 자인 듯했습니다."

"예?"

일향이 깜짝 놀라 소리를 지르며 자리에서 일어났다.

"그게 무슨 말이죠?"

"아, 진정하십시오. 아직은 단정 지을 수는 없지만 그는 분명 망해 버린 주가의 후손에 대해 이야기했습니다."

"음."

주위를 두리번거리며 경계하는 듯한 한백의 모습에 일향이 자신의 실수를 눈치채고 자리에 앉았다.

"자세하게 말해보세요."

"……"

한백의 말인즉, 상단 중에 만난 상인이 있었는데, 술자리에서 그가 망해 버린 왕조에 대한 한탄을 했다는 것이다. 그리고 그가 그 후예를 팔아넘긴 적이 있었는데 구하지 못했던 것을 후회하고 있다고 했다.

한백의 이야기가 끝나자 일향은 미칠 듯이 뛰는 가슴을 좀처럼 진정할 수가 없었다.

"일단은 보고를 드리고 조치를 하는 것이 나을 듯하여……"

"어딥니까?"

"예?"

"그를 어디에 가면 만날 수가 있습니까?"

"아, 약속을 만들까요?"

"예. 지금 당장."

일향의 목소리에 다급함이 느껴져 왔다.

"알겠습니다. 혹시나 해서 그와 연락하는 법을 알아두었으니 곧 그를 만날 수 있게 조치하겠습니다. 장소는 어디로……."

"상관없습니다. 최대한 빠른 시일 내에 만날 수 있게 조치하세요."

"알겠습니다. 그리하지요. 하면 약속이 성사되는 대로 모시러 오겠습니다."

일향이 고개를 끄덕이자 한백이 소리없이 물러갔다.

"찾았단 말인가. 흔적을 찾았어."

일향의 눈시울이 금세 붉어졌고, 한줄기 눈물이 흘러내렸다.

"아들아, 내 아들 량아……. 드디어 어미가 네 소식을 듣게 되는구나."

일향은 탁자에 얼굴을 묻은 채로 소리없이 흐느꼈다.

2

늦은 밤.

어둠을 틈타 한 척의 배가 동정호의 물살을 뚫고 원강(沅江) 하구에 다다랐다. 달이 하늘의 끝에 다다른 밤중이라 나루터에는 오가는 사람이 거의 없었다.

출렁.

배가 나루터를 지나 인적이 없는 곳에 정박하자 배 위에 있던 이들이 은밀하게 강변에 내렸다.

서너 명의 칼 든 이들이 검은 면사를 길게 내려 얼굴을 가린 여인을 호위하듯이 움직여 원강현으로 잠입해 들었다.

사람들의 눈을 피해 한참을 걸어간 그들이 들어간 곳은 어슴푸레한 불이 밝혀진 한 객점이었다.

늦은 시간이라 취객 몇이 쓰러져 있을 뿐 객점 안에는 사람이 없었다.

면사여인의 일행은 은밀하게 이층의 한 방 안으로 들어갔다.

방 안에는 비단 의복에 두루뭉술한 체구를 가진 사내가 앉아 있었다.

"어서 오십시오. 기다리고 있었습니다."

"……."

"금학이라고 합니다."

사내는 자신을 금학이라는 이름으로 밝히고 사람 좋은 웃음을 지었다.

"오랜만에 뵙습니다."

면사여인을 대신해 앞에 있던 사내가 먼저 인사를 건넸다.

"예, 한백님. 오랜만입니다. 말씀하신 분이 이분이신지 요?"

"예."

금학이 시선을 돌리자 면사여인이 고개를 끄덕이며 탁자에 놓인 찻잔을 집어 들었다. 고운 여인의 손이 미세하게 떨리고 있었다.

"혹 어떤 연유로 찾고 계신지 물어도 되겠습니까?"

"그건……."

금학의 물음에 한백이 난처한 기색으로 대답했다.

"주가의 혈육과 관계된 일이다 보니 조심스러워서 그렇습니다. 한백님이 아니라면 말씀드리기도… 곤란하구요. 물론 한백님을 믿지 못하는 것은 아니지만……."

금학의 말에 여인이 면사를 벗어내었다.

"헛, 일향님!"

갑작스러운 행동에 한백이 깜짝 놀라며 소리치자 금학의 표정이 살짝 변했다.

"혹 알고 계신 그 아이의 이름이 주량이 맞습니까?"

일향이 더 참지 못하고 금학을 향해 따지듯이 묻자 금학이 입꼬리를 말아 올리며 웃었다.

드르륵.

갑자기 방문이 열리고 위엄이 느껴지는 노인이 들어오자

일향이 깜짝 놀랐다.

"이게 무슨!"

"놀라지 마시오."

노인이 낮은 목소리로 일향을 진정시키듯이 말했지만 갑작스러운 상황에 일향은 잔뜩 경계한 눈으로 노인을 쏘아보았다.

"허, 살아 있다 들었으나 정말로 당신이 살아 있을 줄은 몰랐구려."

노인이 믿을 수 없다는 듯이 고개를 내저었다.

털썩.

무언가 바닥에 부딪치는 소리에 일향이 세차게 고개를 돌렸다.

한백이 정신을 잃고 쓰러져 있었다.

'고수!'

한백은 제법 대단한 무공을 가지고 있었다. 한데 그가 아무리 방심했다고는 하나 아무런 반항도 하지 못하고 쓰러졌다는 것을 믿을 수가 없었다.

"죄송합니다. 중요한 사안이라……."

금학이라 밝힌 중년인이 일향에게 공손하게 고개를 숙이며 죄를 청했다.

일향은 지금 무슨 일이 일어나는지 어리둥절하기만 했다.

"밖의 무인들은 잠시 재워두었소."

노인이 금학이 앉아 있던 자리에 앉으며 말했다.

"많이 놀라셨을 것이라 생각하오."

"……."

"혹 나를 기억하겠소?"

"무슨?"

일향이 눈동자를 좌우로 굴리며 노인을 힐끗거렸다.

"나를 알아보지 못하겠소, 태자비?"

"……."

노인의 말에 일향이 흠칫 놀라고 만다. 그는 분명 자신을 태자비라 불렀다. 즉, 자신에 대해서 아는 인물이라는 것이다.

일향은 좀 더 주의 깊게 노인을 살폈다.

"설마!"

많이 변하기는 했지만 그는 자신의 기억 속에 있는 인물이 분명했다.

"보, 복왕 전하?"

일향이 의구심이 가득한 얼굴로 물었다.

"기억하는구려. 한… 아니, 이제는 일향이라 불러야 할까요?"

"서, 설마? 어찌 당신이……."

"허허, 운이 좋았소. 오래전부터 당신이 살아 있다는 소식을 접하고 찾아다녔소. 한데 도무지 찾을 수가 없더군. 혹, 야랑이라는 이름을 들어보았소?"

"야랑? 북경 경매장의?"

"기억하시는구려."

"그들은 모두 내 수하들이요."

"……."

"궁금한 것이 많으실 거라고 믿소."

"량이는… 량이에 대한 이야기는 설마 거짓이었단 말입니까?"

"량? 아, 아드님을 말씀하시는 게군요. 그는 잘 있소."

노인의 말에 일향이 안도의 숨을 내쉬었다.

"조만간 만나도록 해주겠소. 걱정하지 마시오."

"감사합니다. 감사합니다."

일향의 눈에 눈물이 흘러내렸다.

"한데 일향께서 해주어야 할 일이 있소이다."

"무엇입니까?"

일향은 무엇이든 상관없다는 기세였다.

"나는 지금 이 나라를 뒤집으려 하고 있소."

"그런!"

"도둑 떼처럼 주 씨의 나라를 빼앗아간 여진 놈들로부터 다시금 빼앗으려 하오. 하나 대의는 있으나 명분이 없구려. 태자비가 그 중심에 서주었으면 하오. 태자비와 주가의 적손이 있으면 여진을 몰아내는 명분은 충분할 것이라 보오."

일향이 할 말을 잃고 말았다.

전란을 통해 빼앗기다시피 잃었던 아들이다.

또한 다시는 겪고 싶지 않은 십 년이었다.

"저… 저는… 다시 황도로 돌아가고 싶지 않습니다."

"……."

"아들만… 제 아들만 찾으면 됩니다. 쿠디 제게 제 아들의 행방을 알려주세요, 복왕."

일향의 애처로운 말에 복왕이 싸늘한 눈으로 쳐다보았다.

"이미 준비는 모두 되었소. 이제 얼마 지나지 않으면 우리는 다시 이 나라를 주 씨의 손에 받을 준비가 되어 있소. 내각, 군부, 무림, 상계에 이르기까지 모두 우리의 손에 들어왔소. 남은 것은 저 여진의 팔기군을 무너뜨리고 황제의 목을 베는 것뿐이오."

"……."

무표정한 얼굴로 말을 쏟아내는 노인 앞에 일향은 아무런 말도 하지 못했다.

"비명에 가신 태자와 황제를 생각해 보오. 저 여진 놈들의 횡포에 수탈당한 백성들의 고통이 불쌍히 여겨지지 않소?"

"모릅니다. 저는 다 잊었습니다. 저는 더 이상 전란에 몸을 맡기고 싶지 않습니다. 제발 제 아들만… 제 아들만……."

거듭되는 설득에도 일향이 눈물을 흘리며 애원하자 복왕은 싸늘한 표정으로 고개를 돌렸다.

"쯧, 말귀를 알아듣지 못하는군."

"……."

"적성!"

"예, 주군!"

노인의 말에 금학이 부복했다.

"그녀를 구금하라."

"존명!"

금학은 복왕의 명에 일언반구도 없이 대답했다.

"복왕! 제발!"

바닥에 무릎을 꿇고 애원하는 일향의 모습은 애처롭기까지 했지만 그곳의 어느 누구도 신경 쓰지 않았다.

상인패인 줄 알았던 금학의 수하들이 일향의 몸을 억류해 방 밖으로 끌고 나갔다.

"주군, 한 가지 여쭈어도 되겠습니까?"

"말하라."

"주량이라면 몰라도 태자비를 살려둘 이유가 있습니까?"

적성의 의구심 가득한 말에 복왕의 노안에 미소가 생겨났다.

"살려둘 이유? 후후, 충분하지."

"예?"

"태자비는 미끼다."

"미끼… 입니까?"

"그렇다. 대의는 복명에 있고. 명분은 청조 십 년간 천대받은 한인들을 구하는 것으로 충분하다. 또한 그 중심에 설 자로는 주량 하나면 충분하다."

"한데 어찌?"

"후후, 표면상의 이유지."

"……."

금학은 복왕의 의중을 알아챌 수가 없었다.

"이해가 안 되는 것이냐?"

"죄송합니다."

"괜찮다. 네가 나의 생각마저 이해한다면 어찌 나의 수하로 있겠는가?"

복왕은 오만함이 가득한 얼굴로 금학을 비웃었지만 금학은 아무런 내색도 하지 않았다.

"지금부터 행해지는 모든 일은 주량의 이름으로 시행한다."

"그게……."

"멍청한 놈. 대놓고 우리의 세력을 내보이잔 말이냐? 모름지기 세를 얻고자 하면 그 세를 얻기 전까지는 절대 모든 것을 보여서는 안 된다. 무림의 전란은 끝났고, 귀문이 차지했다. 군부의 수장 황인욱은 곧 형장의 이슬이 될 것이다. 그리되면 우리와 관계된 이를 군부의 수장으로 세운다. 내각은 모두 우리 손안에 있으니 걱정할 필요가 없겠지. 문제는 황제.

손발이 잘려 나가도 그는 이미 정점에 서 있는 인물이다. 무시할 순 없지. 혹여나 모든 것이 실패로 돌아간다 해도 우리의 세력은 남겨둔다. 주량은 봉기를 주도할 것이고, 그것이 실패로 돌아간다 해도 우리의 세력으로 피폐해진 민심과 황도를 차지할 것이다."

"아……."

금학이 고개를 끄덕였다.

"후후, 금학… 이제 때가 멀지 않았다. 다시금 이 땅에 한인의 나라를 세우는 것이다."

"아!"

복왕의 얼굴에 싸늘한 미소가 떠올랐다.

"여진 황제의 얼굴이 볼만하겠군. 후후… 금학, 대계를 시작한다. 준비하라."

"존명!"

금학은 어느 때보다 우렁차게 대답했다.

"백에게 전하라. 중원에서 각자의 임무를 수행하고 있는 야랑들을 하북으로 소집한다."

"존명! 즉시 시행하겠습니다!"

"가라!"

3

쿠구궁! 우르르르! 쾅!

하늘을 찢어발길 듯한 천둥소리와 함께 장대비가 쏟아져 내렸다.

기련산의 메말랐던 계곡이 금세 물이 들어차 굽이치며 흘러내렸다.

기련산 심처 멸절곡에 위치한 천장단대의 절벽 위.

검은 장포를 걸친 귀왕 주량이 쏟아지는 비에 흠뻑 젖은 채 굽이쳐 흐르는 물살을 지그시 바라보고 있었다.

"주 공자는 지금의 황제에 대해 어찌 생각하십니까?"

천자산에서 사흑련을 무너뜨리고 오가회와 정무협의 항복을 받아낸 후 기련산으로 돌아온 주량을 내내 괴롭히고 있는 무명의 말.

'황제라…….'

그다지 생각해 본 적이 없는 말이었다.

목표했던 무림을 정벌했고, 귀문은 천하를 얻게 되었다.

천귀와 여섯 귀혼이 고대했던 순간이 아닌가?

하지만 이 허전함은 이루 말할 수가 없었다.

처음 멸절곡에 들어와 무공을 배우고 황염수의 기운을 익혔다.

양학명과의 일전은 지금도 주먹이 쥐어질 만큼 긴장감을

느끼게 했던 기억이다.

"후… 벌써 십 년인가?"

주량의 입가에 희미한 웃음이 생겨났다.

하지만 그렇게 십 년을 달려와 목표를 이루고 나니 더 이상 무엇을 해야 할지 공허하기만 했다.

"혹 주가를 다시 일으키고 싶진 않습니까?"

불현듯 무명의 목소리가 귓가를 어지럽히고 머리를 어지럽게 했다.

"주가라……."

뇌까리듯이 되뇐 주량은 이내 고개를 저으며 피식 웃는다.

"아니야. 이미 세상이 변해 버렸는데……."

"귀문의 금력에 대해 생각해 보셨습니까?"

무명의 목소리가 자꾸만 귓가를 괴롭혀 온다.

"무명… 어째서 나에게 그런 말을 한 것이지?"

하지만 주량으로서도 궁금했다.

귀문에 대해서 아직까지 깊이 생각해 본 적이 없었다. 무림 일통이라는 광오할 정도의 목표를 가지고 있었지만 고작 열이 넘지 않은 인원으로 시작했다.

무명의 말대로 현재의 귀문에는 일천 명에 달하는 무인이
있다.

그들을 어찌 키워낸 것일까?

"전대의 유물?"

추측을 해보았지만 그 역시 말이 되지 않는다. 귀문의 유물
이라면 고작 황염수의 기운과 귀문팔관이 전부였다.

주량에게는 귀문이 어떤 곳일까?

귀문에게는 주량이라는 곳이 어떤 곳일까?

왠지 쓸쓸해지는 느낌이었다. 어찌 보면 자신을 주군이라
부르고 있었지만 그들은 얼마만큼이나 자신에게 충성을 하고
있는 것일까?

무명의 화두에서 시작한 고민들은 주량의 머릿속을 어지
럽혔다.

"후… 어렵군."

주량이 작은 한숨을 내쉬며 고개를 떨어뜨렸다가 나지막
이 말했다.

"천귀… 를 불러오라."

"존명!"

주량과 한참을 떨어져 있던 그의 호위 중 하나의 기운이 명
이 떨어짐과 동시에 사라졌다.

얼마 지나지 않아 천귀가 달려왔다.

"주군, 찾으시었습니까?"

"음."

천귀의 부복에 주량이 잠시 그를 바라보았다. 생각해 보면 참 이상한 일이기도 했다. 일면식조차 없던 자신에게 무공을 전해주고 지금은 주군이라 부르며 충성을 하는 그다.

노예로 살며 인간 이하의 취급을 받아왔던 자신을 누구보다 높은 자리에 올려준 그다.

"천귀, 하나 물어도 되겠는가?"

"하명하십시오."

"그대에게 나는 어떤 존재인가?"

"……."

갑작스런 질문에 천귀는 아무 말도 하지 못했다.

"말해보게."

"주군, 어찌 그런 말씀을 하십니까? 주군은 주군이십니다. 다른 무슨 말이 필요하겠습니까?"

"……."

머리를 조아린 천귀의 말에 주량이 무표정한 얼굴로 바라보다 피식 웃음을 지었다.

"그렇군. 우문에 현답이군."

"죄송합니다."

"죄송하긴… 멋진 대답이었네. 하면 천귀 그대의 꿈은 무엇인가?"

"예?"

"목표가 있을 것 아닌가?"

"그건……."

"말해보게."

"……."

천귀는 그 순간 쉽사리 대답할 말을 찾지 못했다.

"이미 무림은 우리의 손에 들어왔네. 그대의 뜻대로 나는 이 무림의 주인이 된 것이겠지. 더 이상 우리에게 도전할 곳은 어디에도 없어. 그렇지 않은가?"

"그렇습니다! 주군께서는 무림의 주인! 그 누가 부정하겠습니까!"

"하지만… 무언가가 나를 고민하게 만들어."

"……."

주량의 말에 고개 숙인 천귀의 미간에 깊은 주름이 생겨났다.

"이젠… 무엇을 해야 하는 거지?"

주량이 천귀를 향해 다시금 고개를 돌렸다.

한참 동안 이어진 침묵에 천귀가 슬며시 고개를 들어 올렸다가 주량의 시선을 마주했다.

'헉!'

잠깐이었지만 심연의 깊숙한 곳까지 파헤쳐지는 듯한 기분에 천귀가 헛바람을 집어삼키고 말았다.

꿀꺽.

늙은 그의 목 줄기로 마른침이 흘러들어 갔다.

주량은 이미 거인이었다.

이제껏 보지 못했던 것일까? 주량의 모습은 세상을 아우를 정도로 거대해 보였다.

'컸구나. 이 사람은 더 이상 내가 덮을 수 없으리만큼 커버렸구나.'

천귀가 숨을 깊이 들이쉬고는 무릎을 꿇고 앉았다.

그 모습에 주량이 조금 놀란 듯한 표정을 지었다.

"주군."

"으음, 말하게."

"제 목표에 대해 물으셨습니까?"

"……."

"천형에 대해 아십니까?"

"천형?"

"예. 하늘의 재앙이라 불리는 문둥병입니다."

"……."

"세상 사람들로부터 멸시당해 온 귀문의 선대들은 부정하다는 이유로 내몰리고 쫓겨야 했습니다. 언제나 그들로부터 이용당해 왔지요."

천귀는 무척이나 담담하게 말을 이어갔고, 주량은 아무런 대답도 하지 않고 귀를 기울였다.

천귀의 입을 통해 처음 나온 말에 주량은 왠지 모를 답답함을 느꼈다. 이제껏 한 번도 물어보지 않았고, 단 한 번도 말해 주지 않았던 사실이다.

귀문이 어떠한 곳인지는 처음부터 주량에게 중요하지 않았으니까.

"하지만 아무리 노력해도 항상 세상의 경계를 넘지 못했습니다. 아무도 우리가 세상에 나오는 것을 원하지 않았기 때문이지요. 결국 천형을 가진 선대의 선택은 살수였습니다."

"살수……."

"모두가 멸시했지만 찾을 수밖에 없었던… 초대 문주 때에 귀문은 비밀리에 정보를 취합하고 암살하는 일을 수행했습니다. 그리하여 군부, 무림에 존재하는 어둠의 세력으로 자리를 잡았지요."

천귀의 말은 놀라운 것이었다. 문파의 비사가 그리된 것인 줄은 상상도 하지 못했던 일이다.

"하지만 결국 모두로부터 외면당했습니다."

"어째서?"

"비밀을 지키는 데 죽음만큼 확실한 것은 없지요. 결국 그들에 의해 목숨이 노려져 중원의 밖으로 쫓겨난 귀문의 선대는 복수를 위해 칼을 갈며 무던히도 노력을 해 왔습니다. 그렇게 만들어진 것이 기련산의 팔대관문과 황염수였습니다. 하나 이제껏 어느 누구도 황염수를 받아들이지 못했고, 황염수의 기운을 얻지 못했지요."

"……."

천귀의 목소리는 나지막했지만 우레와 폭풍처럼 몰아쳐
대는 빗소리를 뚫고 한 자 한 자 정확하게 주량의 귓가를 파
고들었다.

"선대의 유지는 이어져 황염수를 받아들일 인재를 찾고 있
었습니다."

"그것이 나인가?"

"그렇습니다. 주군을 발견하고 주군의 변화를 지켜보며 스
스로 희열에 물들었지요."

"그랬군."

"하지만 주군을 만나기 이전에 문제가 있었습니다."

주량이 이미 짐작한 듯이 고개를 끄덕였다.

"금력인가?"

"예, 말씀하신 대로입니다. 금력… 이었지요."

"어찌 해결했는가?"

"그것이……."

천귀의 얼굴이 먹구름이 끼어 폭풍을 쏟아내는 하늘만큼
이나 어둡게 가라앉았다.

"말해보게."

"망해 버린 명조와의 연계였습니다."

"……."

천귀의 말에 주량의 눈이 부릅떠졌다.

망해 버린 명조와의 연계라니…….

"그, 그것은 무슨…….."

"죄송합니다, 주군. 미리 말씀드리지 못해 죄송합니다. 하지만 만약 그것이 주군의 마음을 어지럽혔다면 지금이라도 그 죄를 달게 받겠습니다."

천귀는 무릎을 꿇은 채 목을 내밀었지단 주량은 아무런 반응도 보이질 않았다.

"그들이 원하는 것이 있었겠군."

한참만의 침묵이 이어지고, 주량의 입이 열렸다.

"주군."

"말해보라."

"무림의 전란… 입니다."

"그렇군."

주량이 고개를 끄덕였다.

"그들이 원하는 대로 되었군. 무림의 전란으로 돌려진 황가의 시선을 이용한다. 그렇다면 그들이 준비하는 것은 봉기인가?"

주량은 모든 것을 예측하고 있었다는 듯이 말했다.

"알고 계셨습니까?"

"아니. 이전엔 몰랐다. 계속해 보라."

"아마도 그들은 봉기를 준비하고 있을 것입니다. 그리고 그들의 싸움에 우리가 참여하는 것, 그것이 그들이 내건 조건입니다."

"음."

무명이 말한 금력에 대한 궁금증이 풀렸다.

"거부한다면?"

"……."

주량의 말에 천귀가 말을 이어가지 못했다.

"만약 내가 거부한다면 어쩌려는 것인가?"

"주군."

주량이 엎드린 천귀를 바라보며 물었다.

"따르겠습니다. 주군의 명이라면 따르겠습니다. 저도 주군
께서 무림 정벌을 성공하리라 생각하지 못했습니다. 하나 이
미 귀문의 한은 풀렸습니다. 더 이상 무엇이 필요하겠습니
까?"

"……."

주량이 천귀에게 주었던 시선을 돌려 협곡 아래를 굽이쳐
흐르는 물줄기를 바라보았다.

천귀의 목소리에서 자신에 대한 충성심이 진득하게 느껴
져 왔다.

"그렇군. 그래, 알겠다."

주량이 천천히 고개를 끄덕였다.

천둥은 들리지 않았고, 쏟아져 내리던 비는 그쳤다. 하늘이
맑아오지는 않았지만 곧 구름을 뚫고 해가 그 모습을 드러낼

것이다.

"천귀."

"예, 주군."

"그들에게 연락해라, 그들의 청을 거절한다고."

"알겠습니다, 주군."

"그리고……."

주량이 다시금 천귀를 바라본다.

"너를 용서하겠다."

"……!"

"하나… 다시는 나에게 숨기는 것이 없었으면 좋겠군."

"조, 존명."

주량은 세차게 몸을 돌려 협곡을 떠났고, 그의 모습이 사라
질 때까지 천귀는 땅에 이마를 박은 채 일어서지 않았다.

어느새 천귀의 눈에는 회한의 눈물이 끊임없이 흘렀다.

第五章
전란의 조짐

武林
君子
무림군자

1

개방이 새로이 터를 잡은 섬서의 화산.

개방의 서신으로 귀문에 항복한 정파의 수장들이 비밀리에 화산으로 모여들었다.

"봉기라니!"

개방주 적생이 벌떡 일어났다.

천자산에서 돌아온 무명은 모두의 표정에 담담하게 응대했다.

"그것이 사실인가?"

"사실입니다."

"그런… 짐작은 했었네만……."

"무명님의 말대로라면 귀문이 반란 세력들과 끈이 닿아 있단 말입니까?"

"예. 그럴 것입니다. 기련산으로 들어간 만금산장의 금력은 필시 귀문에 대한 것이었을 겁니다."

"음."

단호한 무명의 말에 반박하는 이는 없었다.

이미 누구도 반박할 수 없는 증거가 명확하게 드러났다.

"그래서… 그들의 봉기를 막아야 한다는 것인가?"

정무협에서 살아남은 무진자가 떨떠름한 표정으로 말했다.

"그렇습니다."

"어째서?"

"예?"

"어째서 우리가 여진의 황족들을 위해 한족의 세상을 만들려는 그들의 반란을 막아야 한다는 것인가?"

"……."

무진자의 말에 좌중이 웅성대기 시작했다.

봉기에 대한 이야기가 논의되자 화산에 모여든 무인들의 반응은 극명하게 갈렸다.

중립을 지킨 채 사태의 추이를 바라보는 자와 무명의 말에 동조하는 자, 그리고 오히려 귀문과 반란 세력에 힘을 주는 자로 나누어진 그들의 목소리가 사방에서 터져 나오며 웅성거렸다.

"모두 조용히 해주십시오."

무명이 굳은 얼굴로 좌중을 안정시키자 다시금 모두의 시선이 그에게 집중되었다.

"반란군은 전란을 불러올 뿐입니다. 전란으로 피해 보는 이들은 결국 양민뿐입니다. 또한 봉기에 동원될 이들은 과거 청조의 세력에 피해를 본 한족의 난민들. 그들에게 또 다른 고통을 줄 수는 없습니다."

"흥! 반란군이 이긴다면 그들의 희생은 고귀해질 것이다."

무진자가 무명의 말을 반박하듯이 외쳤다.

"무진자라고 하셨습니까? 무엇을 고귀하다 표현하는 것입니까? 어차피 양민들에게 황제가 누구인가 하는 것은 중요하지 않습니다. 제 목숨을 지키고 편안한 여생을 보내는 것이 그들의 바람일 뿐이지요. 전란을 통해 득을 보는 것은 결국 귀족일 뿐입니다."

"그건 어느 곳이나 마찬가지다. 지금과 같이 핍박을 받는 한족이라면 차라리 전란을 통해서라도 여진을 몰아내고 싶어 할 것이다."

"핍박이라니요?"

"그걸 모른단 말인가? 여진의 황제는 한인을 끔찍하게도 싫어한다. 한인을 노예처럼 생각하는 것이 여진의 황제다."

"틀렸습니다."

무진자의 말에 무명이 고개를 가로저었다.

"틀렸다고? 무슨 근거로 그런 말을 하는가?"

"그것은… 제가 황제를 만나보았기 때문입니다."

"뭐라?"

무명의 말은 상당한 반응을 만들어내었다.

"황제는 절대 한인을 노예처럼 생각하지 않습니다. 그는 진정으로 황제가 될 만한 자질을 가진 사람입니다. 무림도 마찬가지입니다. 모든 것이 반란군의 수장이 만든 계략이지 황제가 원한 것은 아닙니다. 고작 집정 십 년이 지난 지금……."

"닥쳐라!"

무진자가 화를 내듯 외치며 무명의 말을 끊었다.

"황제와 거래를 한 것이 아닌가!"

무진자의 말에 무명의 눈살이 찌푸려졌다.

"그게 무슨 말입니까?"

모용찬이 무진자의 말이 너무도 심하다 여겨 반박했지만 그의 화를 부추길 뿐이었다.

"여진의 황제와 모종의 거래를 하고, 그들의 권력을 지켜주려 했더냐? 그래서 지금 우리에게 한인이 일으키는 반란을 막는 데 도움을 달라는 것인가?"

무진자의 되물음에 무명이 고개를 끄덕였다.

"그럴 수 없다. 우리 정무협은 원래 반청복명을 했던 이들.

여진을 도울 생각은 꿈에도 없다."

"뭐라고?"

무진자의 말에 개방주 적생이 발끈하며 일어났다.

"청조가 성할 때는 그 발밑에 꼬리를 흔들더니 이제는 또 한인의 편을 드는 것인가!"

"뭐요!"

대놓고 빈정거리는 적생의 말에 무진자가 이를 갈며 일어났다.

"틀린 말인가? 고작 자파의 생존에만 신경 쓰는 놈들 같으니! 내 정무협에 함께했던 것이 부끄럽구나!"

"……."

적생의 말에 무진자가 눈을 부릅뜨고 노려보다가 고개를 돌려 버렸다.

"흥! 나뿐 아니라 정무협의 생존한 무인들은 더 이상 세상일에 관여하지 않겠다. 여진을 도와줄 여력도, 생각도 없으니 마음대로 하시오!"

무진자가 자리를 박차고 일어났다.

그와 동조하듯이 정무협의 무인들이 자리를 떠났다.

화산을 떠나는 그들의 모습에 무명이 한숨을 내쉬었다.

"후우."

무명의 한숨에 모용찬이 욕지거리를 내뱉었다.

"제길, 한 문파의 수장이라는 자들이……."

"되었습니다. 욕할 것 없습니다. 어차피 자신들의 판단이 우선이니까요."

무명이 고개를 내저었다.

"우리 개방은 자네와 함께하겠네."

개방주 적생이 취죽장을 짚으며 무명에게 말했다.

"우리 오가회도 마찬가지네. 비록 사흑련과의 싸움에서 살아남은 이들이 얼마 되지는 않으나 자네와 함께하겠네."

"감사합니다."

모용관천이 자리에 앉으며 입을 떼자 모용찬이 기분 좋게 어깨를 으쓱거렸다.

"화산도 마찬가지입니다."

미추홀이 무명을 향해 포권하고 송학 도장을 바라보자 송학 도장이 흐뭇한 표정으로 고개를 끄덕였다.

"허허, 이렇게 되면 마교 전체는 아니더라도 나 양학명도 동참하도록 하지."

"교주님……."

양학명의 말에 무명이 그와 시선을 맞추며 고개를 끄덕거렸다.

"그럼 먼저 무엇을 해야 하는가?"

모용관천이 묻자 무명은 빠르게 탁자로 다가와 지도를 폈고, 수장들이 머리를 맞대고 모여들었다.

무명의 손가락이 귀문이 있는 기련산에 닿았다.

"이곳에 귀문이 있습니다. 그리고……"

무명의 손가락은 쉴 새 없이 지도에 표시된 지점을 찍어가며 개방과 모용찬이 알아낸 것에 대해 설경을 했다.

"각 길목에 포진한 반란군은 한 번에 황도로 몰아칠 것이 분명합니다."

"그렇겠군."

"각 성의 난민 일부가 사라졌다 했지요?"

무명의 물음에 개방주 적생이 고개를 끄덕였다.

"필시 그들은 모종의 장소에서 훈련을 받고 있을 터입니다. 하지만 황도에 팔기군이 있는 이상 그들은 함부로 모습을 드러내지 않을 것입니다. 봉기 역시 일으키지 않을 테지요."

"음."

"먼저 그들의 봉기에 가장 중요한 것은 팔기군을 어떻게 빼내는가가 첫 번째일 것이고, 두 번째는 귀문의 활용입니다."

"그렇지."

"일단 세 패로 나누겠습니다. 양천현(陽泉縣)의 천가장은 개방이, 하남성의 안양현(安陽縣) 목가장은 오가회, 산동성 덕주현(德州縣) 추가장은 화산이 맡아 면밀히 주시해 주십시오."

"알겠네."

"그리하지."

모용찬과 개방주 적생이 서로를 돌아보면서 고개를 끄덕였다.

"그들은 필시 하북의 석가장에서 병력을 집결해 황성으로 진군하려 할 것입니다."

무명이 지도 위의 한 점을 손가락으로 찍었다.

"만약 그들이 움직임을 보이게 되면 그 즉시 막아주시면 됩니다."

"그러지."

"알았다."

"그리고 개방에서는 반란군을 이끄는 자를 찾는 데 주력해 주십시오."

"알겠네."

무명이 각자의 할 일을 지정해 주자 무인들의 움직임이 빨라졌다.

삼 파의 수장과 양학명, 송학 도장은 무명이 말한 대로 이동하기 위해 밖으로 나갔다.

"문제는 팔기군을 밖으로 빼오는 방법인데……."

무명이 머릿속에서 여러 가지 상황을 고려해 보았다.

지금까지의 상황을 고려해 보면 반란군이 원하는 봉기는 멀지 않음이 분명했다.

'척일도의 암살… 야랑이라는 자들의 존재… 봉기… 귀문을 어찌할 셈일까.'

무명은 도무지 집중이 되지 않았다.

'그러고 보니 주 공자는 망해 버린 황가의 핏줄……. 설마?'

무명의 머릿속은 복잡하기만 했다.

'주 공자를 앞세울 셈인가? 그렇다면 명분과 대의는 충분하다. 하지만 그것만으로 황도를 수호하는 팔기군을 빼올 수는 없어. 팔기군이 이동하자면… 팔기군이 귀문을 친다?'

도무지 답이 보이질 않았다.

'모용 공자의 말로는 황후가 팔기군의 움직임을 막고 있다. 황기군장에 대한 신뢰가 떨어진 이상 황제는 황후의 말을 전폭 신뢰할 것이 분명해. 하지만… 황후가 없다… 면?'

별안간 무명이 자신의 손뼉을 쳤다.

"설마!"

"……"

갑자기 무명이 소리를 지르자 모용찬이 그를 돌아보았다.

"그렇군! 그들이 원하는 것은 귀문의 참가가 아니라 귀문과 팔기군의 싸움이다."

"예?"

"모용 공자, 잠시 황도에 다녀와야겠습니다."

"예?"

"시급한 일입니다. 혹시 모르니 개방주님께 이곳을 통제해 달라 하세요. 송학 도장과 마교주님의 두 공은 절세이시나 모든 것을 통제하기에는 개방의 정보력을 취합해 온 개방주님이 적합하실 겁니다."

"예. 한데 무슨… 일……."

모용찬의 말이 끝나기도 전에 무명의 몸은 화산을 떠나고 있었다.

무명은 뒤도 돌아보지 않고 황도로 곧장 몸을 날렸다.

나뭇가지를 밟으며 달리는 그는 마치 한줄기 바람처럼 신형이 흐릿해질 정도로 빨랐다.

'황후의 암살! 그리고 그 죄를 귀문이 뒤집어쓰게 된다! 더구나 주량의 이름으로 행해진다면… 황제는 대노해 팔기군을 내보내겠지. 반란군이 노리는 것인지 분명하지는 않지만… 가능성이……. 어쨌든 서둘러야 한다.'

무명은 얼굴을 굳힌 채로 점점 더 빠르게 내달렸다.

2

찻잔에 모락모락 김이 피어올랐다.

천자산의 싸움에서 패배하고 방시혁이 죽은 뒤 천자산에 있던 사혹련의 무인들과 곽주한은 귀문에 항복하고 목숨을 부지했다.

그때 의욕을 잃어버린 곽주한에게 야랑이 찾아왔다.

야랑은 누군가와의 만남을 종용했고, 곽주한은 아무런 생각 없이 그를 따라갔다.

인적이 드문 산자락 아래 지어진 정자에는 야랑과 비슷한 복장을 한 인물들이 늘어서 있었고, 정자 위에는 언뜻 보기에도 위엄이 느껴지는 노인이 곽주한을 기다리고 있었다.

"자, 들게."

곽주한에게 미소를 띤 채로 차를 권해온 자는 바로 복왕이었다.

곽주한은 잠시 그를 바라보다가 찻잔을 입으로 가져갔다. 따뜻한 기운이 느껴지는 차가 봉황단종이라는 사실에 곽주한이 살짝 놀랐다.

"입에 맞을지 모르겠군."

"부족하지 않군요."

사흑련이 무너지고 발붙일 곳조차 없을 만큼 피폐해진 곽주한이었지만 그의 분위기에 궁색함은 찾아볼 수가 없었다.

그 모습이 마음에 들었는지 복왕이 흐뭇한 미소를 지었다.

"무공을 익히지 않았더군."

"정확히 말씀드리자면 무공을 익힐 수 없었지요."

"그렇군."

복왕이 고개를 끄덕이며 야랑을 쳐다보았다.

"저 친구를 알겠지?"

"예. 친황의 수하로 알고 있었지요."

"호오? 알고 있었다?"

"예."

알고 있었다고 표현한 것은 이제는 아니라는 의미가 함께 한 말이다.

"지금 보니 저자는 누구의 수하가 아니라 당신의 종이로군요."

"호오?"

"그렇다는 것은 지금까지 무림에서 일어난 분쟁과 청조 초기에 일어난 수많은 학살에 당신의 입김이 닿아 있다는 것이겠지요?"

"정확하네."

곽주한의 정확한 추측에 복왕이 감탄했다.

"역시 탐나는 인재군. 단도직입적으로 말하지. 어떤가, 나의 밑에 있지 않겠는가?"

"……."

복왕의 제안에 곽주한이 그를 지그시 쳐다보았다.

분명 복왕은 곽주한을 설득할 생각이었던 것이다.

하지만 그럴 필요성을 느끼지 못했다. 어차피 그 정도의 예측을 하는 사내라면 자신이 어떤 말로 회유한다 해도 호불호를 명확히 할 터였기 때문이다. 그런 상대라면 오히려 상대가 원하는 것을 내어주는 것이 가장 정확한 설득 방법이었다.

"후후, 거절합니다."

곽주한은 복왕이 무슨 생각을 하든지 고개를 내저어 버렸다.

"어째서?"

"저자 야랑은 말씀드렸다시피 친황과 관련, 아니, 친황의 수하인 척하며 행동해 왔겠지요. 그 결과 저는 제 아비를 잃었습니다. 야랑이라는 저자 또한 제 원수 중의 하나일 뿐이죠."

"흠, 그렇겠구만."

복왕이 아무렇지도 않게 고개를 끄덕이고 야랑을 쳐다보았다.

"네 생각은 어떠하냐? 내가 무던히도 얻고자 하는 인재가 너로 인해 거절을 표했구나."

복왕의 나지막한 말에 야랑은 한순간의 망설임도 없이 정자로 다가와 무릎을 꿇었다.

핏!

그리고 이어진 은백색의 섬광.

방금 전까지 눈앞에서 죄를 청하려 했던 야랑이라는 사내는 피분수를 뿜으며 목이 잘려 나갔다.

"……."

냉정한 성격의 곽주한이었지만 눈앞에서 펼쳐진 상황에 눈썹이 꿈틀거릴 수밖에 없었다.

"이만하면 되었는가?"

복왕이 아무렇지도 않게 곽주한을 쳐다본다.

"야랑은 당신의 수하가 아니었습니까? 제가 알기로는 능력이 제법 출중한 이로 알고 있습니다만⋯⋯."

"수하지. 알고 있을지는 모르겠네만 야랑이라는 것은 내가 정한 이들의 호명에 불과하네."

"이들?"

"허, 몰랐던가? 야랑이라는 이름은 하나지만, 그 이름을 사용하는 이는 물경 스물이 넘는다네."

"⋯⋯."

그것은 곽주한조차 생각해 보지 못한 일이었다.

"수하를 너무 쉽게 죽이는군요."

"수하? 이들은 단지 내가 재미 삼아 기른 개들에 불과하네."

"개? 후후, 수하들이 듣고 있는데 그런 표현을 해도 괜찮습니까?"

"신경 쓸 것 없네. 개에게 신경 쓰는 주인은 없지."

"개가 주인을 물어 죽이는 일도 있습니다만⋯⋯."

"자네는 개를 길러본 적이 없군. 주인이 기르는 개를 잡아먹으려 한다 해도 개가 주인에게 이빨을 드러내지는 않는다네. 개는 그저 쓰다듬어 주면 꼬리를 흔들 뿐이지."

"⋯⋯."

곽주한의 미간에 주름이 잡혔다.

수하를 단지 개 취급하는 인물, 그의 정체를 알 수가 없었다.

"듣자 하니 청조에 한이 많다고 들었네. 야랑이 관계된 친 황이나 청조를 싫어한다고 하더구만."

"그렇습니다. 하나가 더 있기는 하지만……."

"하나가 더 있다고?"

"후후."

곽주한은 대답하지 않았고, 복왕은 더 묻지 않았다.

"어떤가? 내 하려는 일이 자네의 한을 갚아줄 수 있을 듯한데?"

"무슨?"

곽주한의 물음에 복왕이 미소를 지었다. 그 미소에서 곽주한은 많은 것을 예측할 수가 있었다.

"그렇군요. 반란입니까?"

"호오? 제법일세."

"청조에 복수라면 반란밖에 없겠지요. 어린아이라 해도 알아챌 것입니다."

"그런가? 허허, 여하튼 더더욱 마음에 드는구만."

복왕의 미소에 곽주한이 쓴웃음을 지었다.

"도와주겠는가?"

"저를 기르는 개로 만드실 생각입니까?"

"허, 이 사람, 누가 기르는 개로 만든다 하던가? 자네는 앞으로 나와 함께 영광을 나눌 걸세. 자네가 사흑련을 그 위치까지 키워내는 동안 나는 한참을 주시했지. 물론 귀문에 무너지긴 했지만 말이야."

"마치 예상했다는 투로군요. 저 또한 노야의 장기 알이었습니까?"

곽주한의 호칭이 노야로 바뀌자 복왕의 얼굴에 미소가 짙어졌다.

"장기 알이라니… 자기 비하는 하지 마시게나."

"자기 비하일까요?"

"글쎄……."

"지금 보니 노야께선 어쩌면 귀문이라는 자들과도 연관이 있을지도 모르겠습니다."

"좋은 추측일세."

"쉽지 않으실 텐데요?"

"반란 말인가?"

"……."

곽주한이 대답하지 않았지만 복왕은 충분히 짐작해 내었다.

"모든 준비가 끝났네. 황도로 가는 길목에 이미 반란군들이 숨어서 포위하고 있고, 그들의 선두에 서줄 무인들도 포섭했지. 귀문 또한 그러하고 말이야. 하지만 좀처럼 기회를 잡기가 어렵더군. 그래서 자네가 필요하다네. 쉽지 않기에 사흑련을 이끈 자네의 지혜를 빌려주었으면 하네."

복왕은 한순간도 흔들림 없는 미소를 지었다.

"조건이 있습니다."

"조건이라……. 친황의 죽음과 청조에 대한 복수로는 부족한가?"

"약속을 했지요."

"호오? 약속을 지키는 인물인가?"

"죽음을 걸고 한 약속입니다."

"약속 따위를 신경 쓰다니, 자네는 정치할 재목이 아닌 모양이군. 말해보게."

"사흑련의 살아남은 무인들이 물경 오백을 헤아립니다. 그들에게 살길을 터주십시오."

"사흑련의 무인들이라고?"

"예."

"살길이라……. 내가 거두어줄 수도 있네."

복왕의 말에 곽주한이 가볍게 고개를 내저었다.

"이미 상처를 입은 이들입니다. 다시금 전란에 휩싸이게 할 수는 없지요. 모쪼록 그들이 무림을 떠나 제 갈 길을 갈 수 있도록 길을 열어주십시오."

"흠."

복왕이 곽주한을 바라보다 피식 실소를 흘렸다.

"좋네. 가져오라."

복왕의 명에 적이 커다란 상자 두 개를 꺼내왔다.

상자 안에는 갖가지 금은보화가 들어 있었다.

"황금 이십 관은 너끈히 될 터이네."

오백의 무인이 새 삶을 꾸리기에는 차고 넘치는 금액이었다.

"과분하군요."

"아니, 자네가 나에게 해줄 것에 비하면 약소하지. 세상을 얻게 되면 자네는 더욱 많은 것을 영위하게 될 것이야."

"감사합니다."

아마도 그리할 것을 알고 있었는지 곽주한은 놀라지 않았다.

"걱정하시는 것은 황도를 지키는 팔기군일 테지요?"

"정확하네."

곽주한의 말에 복왕은 거듭 놀라고 있었다.

비록 사흑련이 무너졌지만 군사를 맡고 있던 곽주한의 지모가 하늘에 닿아 있음이 틀림없었다.

"귀문을 버리십시오."

"뭐라? 귀문을?"

"예."

귀문은 막강한 전력이었다.

어쩌면 반란군에 있어서 가장 강대한 세력일지도 몰랐다. 귀문이 그리 강해질 줄 몰랐던 복왕으로서는 버리기가 너무나 아까운 존재였다.

"제 생각에는 귀문의 수장인 주량을 내세워 민심을 끌어모으시겠지요?"

"으음."

"주가의 후예이니 살아남은 한족들의 마음을 모으는 데 있어서 그만한 것은 없겠지요. 하지만 주량은 복왕께 있어 계륵과도 같은 존재. 싸움에 있어서는 엄청난 전력이 되겠지만 복왕이 황위에 오르면 후에 적이 될 인물이지요."

"귀문을 버린다라……. 하면 귀문을 버리고 어떤 수를 쓸 텐가?"

"황후!"

"황후?"

"팔기군의 수장인 황인욱이 황제의 신임을 잃은 이상 황제의 마음을 움직일 수 있는 것은 황후뿐입니다. 마치 황제의 분노를 막을 수 있는 유일한 방벽과도 같은 존재입니다. 허니 황후를 암살하고, 주량이 이끄는 귀문을 반청복명을 논하는 반란군으로 몰아세워야지요."

"허……."

좋은 계책임에는 틀림이 없었다.

분명 황제는 분노할 것이고, 팔기군은 귀문을 치기 위해 성도를 빠져나가게 될 것이 분명했다.

"한데… 귀문이 움직이지 않으면?"

"움직이게 해야지요. 분명 움직일 방도를 가지고 계시리라 믿습니다만……."

곽주한이 피식 웃으며 복왕을 쳐다보았다.

그 모습에 심각해져 있던 복왕의 표정이 천천히 풀어지며 미소로 변했다.

"자네는 마치 내 마음속을 훑어본 것처럼 말하는군. 좋네. 자네의 계책대로 하지."

"……."

복왕은 대소를 터뜨리며 즐거워했지만 곽주한의 얼굴은 굳은 채로 풀리지 않았다.

第六章
황후의 암살

武林
名俊
무림군자

1

완연하게 차오른 달이 황궁의 처마 끝에 걸렸다.

보름달처럼 둥글었지만 달빛은 구름에 가려 세상을 비추지 못했다.

황궁위사들은 번을 서고 순찰을 돌며 불의인들이 황궁을 넘보지 못하도록 경계를 늦추지 않았다.

달이 하늘의 끝에 다다르면 어슴푸러하게 여명이 밝아오기 시작한다. 곧 있으면 해가 떠오를 것이고 또 다른 하루가 시작될 것이다.

"으하암!"

성벽을 지키던 군사 중 하나가 창을 너려놓고 기지개를 켜며 하품을 했다.

동이 터오는 시간은 밤보다 쌀쌀해 몸을 움츠러들게 만드는 재주가 있었다.

또한 밤사이 한순간도 늦추지 않았던 경계가 느슨해지기도 했다.

다른 때보다 눈을 깜박이는 순간이 길어졌고, 잠을 쫓기 위해 눈을 비비는 행동이 늘어나기도 했다.

내성의 남문 경계를 맡은 말단 군졸 마둔은 기지개를 켜며 잠시 눈을 감았다.

휘이익.

"웃!"

때 아닌 바람이 스치고 지나가자 마둔이 으슬으슬해 오는 몸을 움츠렸다.

"새벽이라 바람이 쌀쌀하구만그래."

대충 성벽 아래를 살펴본 마둔은 교대 시간을 맞아서 근무 교대지로 발걸음을 돌렸다.

휘이익.

바람이 옷깃에 스치는 듯한 소리가 났지만 마둔은 새벽바람이라 생각하고 무심코 지나쳐 버렸다.

마둔의 발걸음이 멀어지고 세 명의 은밀한 그림자가 터오는 여명의 빛에 드러났다.

"……"

흑의 일색으로 맞춘 듯한 그들의 얼굴에는 귀신의 형상을 닮은 탈을 쓰고 있었고, 그들은 서로에게 무언의 눈빛을 보내곤 흔적도 없이 사라졌다.

거대한 태화전을 지나 뒤이은 건녕궁을 지나면 황후의 침소인 교태전이 나온다.

교태전은 황후의 침소. 경계가 삼엄하지 않을 수가 없었다.

교태전의 지붕 위에 방금 전 성벽을 넘어왔던 귀면의 인물들이 모습을 드러내었다.

"진입한다."

울림없이 새어 나온 목소리에 귀면의 사내들은 교태전의 기와를 걷어내고 흔적도 없이 스며들었다.

불의인의 침입을 눈치채지 못한 황후는 여느 때와 다름없이 자신의 침상에 누워 곤히 잠들어 있었다.

호사로운 금빛 주렴이 쳐 있어서 그 모습은 희미했지만 쌔근거리는 콧소리만 보아도 얼마나 깊이 잠들어 있는가를 느낄 수 있었다.

"……"

천장을 타고 내려온 귀면의 인물은 발걸음 소리조차 내지 않고 침대로 다가갔다.

둘이 외부의 움직임을 경계하는 사이 하나가 가슴팍에서

검은빛의 소도를 꺼내 들었다.

칙칙하리만큼 검은빛을 띠고 있었지만 무엇이라도 소리없이 베어낼듯이 날이 서 있었다.

머리 위로 들려졌던 단도는 군더더기없이 빠르게 내리꽂혔다.

순간 황후의 눈이 뜨여졌고, 귀면의 사내와 정확히 마주쳤다.

"……."

귀면의 사내는 무언가 잘못되었다는 생각이 스치고 지나갔지만 내려치고 있는 단도를 멈출 수는 없었다.

푹!

사내의 불안한 예감을 적중시키듯이 단도는 육신이 아닌 이불 위를 찌르며 둔탁한 소음을 만들어내었다.

"제길!"

뻐억!

귀면사내의 욕설과 뼈마디가 부딪치는 소음이 동시에 터져 나왔고, 황후를 공격했던 귀면의 사내는 복부를 움켜쥐고 뒤로 밀려 나갔다.

차라라랑!

기다렸다는 듯이 사방에서 검을 꺼내는 소리가 들리고, 교태전의 모든 문이 열렸다.

"이런!"

귀면의 사내들은 서로의 등을 맞대고 당혹성을 흘렸다.

"무도한 놈들! 감히 나를 암살하려 하다니!"

황후라 생각했던 북궁단야가 검을 들고 귀면의 사내들을 마주했고, 그녀의 뒤에서 궁장을 한 싸늘한 표정의 황후와 무명이 모습을 드러내었다.

어째서 자신들의 습격을 예상하고 있었는지 이해하지 못했지만 지금 이 순간에는 황후를 어떻게 해서든지 죽이는 수밖에 없었다.

"얌전히 오라를 받아라!"

북궁단야의 호통에 귀면의 사내들은 모든 일이 실패로 돌아간 것을 깨달았다.

"흥!"

백색의 귀면탈을 쓰고 있는 사내가 북궁단야를 향해 단도를 뿌리며 몸을 날렸다.

하지만 그것은 그의 오산에 불과했다.

팅!

여유로운 표정으로 단도를 쳐내 버린 북궁단야가 검극을 옆으로 흘리며 백색탈의 옆구리를 노렸다.

텅!

고작 황궁의 시위 정도로 생각했던 그는 북궁단야의 반격에 깜짝 놀라 검면을 튕겨내고 몸을 뒤로 물렸으나 이미 북궁단야의 이격이 그의 삼면을 공격해 날아들었다.

"황궁시위가 아니다! 조심하라!"

파카카캉!

자신들을 포위한 이들이 황궁시위가 아니라는 사실에 그들의 반응이 순식간에 뒤바뀌기 시작했다. 들켜 버린 이상 자결을 해서라도 입막음을 하는 것이 보통이었지만 그들이 받은 밀명은 황후를 죽이는 것이었다. 그것이 절대 전제였고, 자신들은 죽더라도 행해야만 했다.

교태전 안은 순식간에 난장판으로 변해 버렸다.

'귀면이라고?'

황후의 뒤에 있던 무명이 사내들이 쓰고 있는 가면을 보고 얼굴을 굳혔다.

북궁단야와 그녀의 수하들이 뛰어난 무공을 익히고 있었지만 귀면의 사내들은 살수라고 하기에는 너무도 강했다.

퍽!

"큭!"

복부에 발길질을 얻어맞은 북궁단야가 비틀거리는 사이 백색 탈을 쓴 사내가 쾌속하게 황후의 가슴을 노리고 단도를 찔렀다.

터억!

하지만 그의 바람은 바람으로 끝났을 뿐 이루어지지는 못했다.

그의 손목을 움켜잡아 단도의 움직임을 막아선 사내. 그는 바로 무명이었다.

무명은 귀면의 사내들을 향해 오른손을 내질렀다.

퍼엉!

순간 그들의 정면에서 대기가 터져 나가자 귀면의 무인들은 벽면에 처박혔다.

몸을 일으키며 재차 공격하려던 그들의 몸에 사방에서 내질러진 검이 틀어박혔다.

"저, 저런!"

무명이 막아보려 했지만 이미 수십 개의 검에 꼬치 꿰이듯이 찔려 버린 그들은 절명한 뒤였다.

"으음."

"무, 무 공자, 감사합니다."

북궁단야가 허겁지겁 일어나 무명에게 감사를 전했다.

"아닙니다. 황후께서 살아 계시니 다행입니다."

무명이 굳은 얼굴로 고개를 내저었다.

"무도한 놈들 같으니! 감히… 감히 이 나를……!"

황후가 눈을 가늘게 뜨고 이를 갈며 분노를 토해내었다.

"일단 화를 참으시지요, 마마."

무명이 황후를 진정시키듯이 갈했지만 황후의 분노는 좀처럼 풀리지 않았다.

"지금 나에게 저런 무리를 보고도 참으라는 말이 나오는가!"

"참으셔야 합니다."

"그게 무슨……."

"반란을 막기 위함입니다."

"끄응."

무명의 말에 황후는 당장에라도 건청궁으로 뛰어가고 싶은 발걸음을 멈추었다. 이미 며칠 전 찾아온 무명으로부터 자초지종을 들은 뒤다.

누군가 황후를 암살하기 위해 교태전으로 들어올 것이다. 하지만 절대 황후와 그녀의 호위를 제외하고는 절대 알려서는 안 된다 했던가?

또한 그것이 중원에 암약하는 반란군과 그들의 세력을 잡아들이는 길이라 했다.

"한데 저들이 귀문의 무인이 아니라 어찌 단정하는 것이지?"

황후는 북궁단야로부터 귀면을 쓰고 다니는 무림의 인물들에 대해서 들은 적이 있었다.

"아닐 것입니다."

"아니라고?"

고개를 끄덕인 무명이 귀문의 무인으로 위장한 불의인들의 품을 뒤져 그들의 정체를 밝혀줄 것을 찾았다.

"음."

황후의 몸에 단도를 박아 넣으려던 자의 품에서 피에 젖은 서찰이 나왔다. 서찰을 꺼내 읽던 무명이 얼굴을 찌푸렸다.

서찰은 마치 누군가의 편지인 듯했고, 편지 내용에는 복명을 위해 황제를 죽여달라 의뢰되어 있었다. 또한 보내는 이의 이름이 '주가 적통 주량'이라 적혀 있었다.

"아마도 저들은 귀문에 황제의 분노를 떠넘길 생각인 모양입니다."

무명의 말에 황후가 눈을 가늘게 뜨고 고개를 끄덕였다.

"그 말인즉슨, 황제 폐하께오서 귀문이라는 이들에게 분노해 팔기군을 성 밖으로 보내면 반란군이 성도를 공격해 올 것이란 말이더냐?"

"그렇습니다. 필시 그리하겠지요."

"고얀 이들이군. 감히 황제 폐하를 능멸하려 하다니……."

황후의 분노 어린 목소리에 무명이 씁쓸히 웃었다.

"황제를 뒤집으려는 자들이니까요."

"흐흠. 한데 어째서 귀문이라는 단체가 반란군과 아무런 상관이 없다 생각하는 것이지? 서찰의 내용으로 보자면……."

황후의 물음에 무명이 숨을 나쉬고 말을 이었다.

"그는 절대 이런 일을 벌일 인물이 아니기 때문입니다."

"확신하느냐?"

"예, 확신합니다."

황후는 무명의 눈에서 확고한 신념을 느끼자 얼굴을 찡그리고 고개를 내저었다.

"좋다. 어쨌든 네가 시키는 대로 했고, 그로 인해 내 목숨을 구할 수 있었다. 다음은 어찌하면 되지?"

"지금부터는 죽으셔야지요."

"뭐?"

무명의 말에 황후가 고개를 갸웃거렸다.

"거짓으로 죽으셔야 합니다, 황제 폐하조차 의심할 수 없도록."

2

때 이른 아침부터 관직에 오른 대신들이 황도로 소집되었고, 중원의 말단 군졸들까지 침통함에 잠겼다.

황후의 암살.

어느 겁없는 놈이 주가의 적통이라 주장하며 황후를 암살했고, 그로 인해 황제의 분노가 극에 달한 것이다.

가장 사랑하고 아끼는 황후의 죽음은 황제의 눈에 핏발이 돋아오르게 했다.

황후의 아비인 척일도가 의문의 인물에 의해 죽은 이후로 얼마 지나지 않아 그의 딸까지 비명에 가자 황도는 차디찬 한기에 휩싸였다.

평소 황후의 선정으로 대신들까지도 분노한 기색을 감추

지 못했다.

황제는 팔기군의 수장인 황인욱을 지하 뇌옥에 처박아 버렸고, 홍기군장인 황연화를 팔기군의 수장으로 삼아 출진을 명했다.

거대한 소용돌이가 중원 전역으로 퍼져 나갔고, 혹시라도 작은 잘못을 한 이들은 머리를 처박고 황제의 분노를 피하기 위해 떨어야 했다.

바야흐로 청조 초기에 시작되었던 혈풍이 다시금 중원에 몰아치고 있었다.

차창!

햇빛을 받아 번뜩이는 창검을 높이 세운 팔기군의 군세가 황도로 빠져나갔다.

거리의 행인들은 혹여 그들의 희생양이 될까 길을 비켜 숨을 죽였다.

기다랗게 늘어선 황기군의 행렬이 황도를 빠져나가는 모습을 지켜보던 걸인이 거적을 헤치고 은밀하게 황도의 뒷골목으로 접어들었다.

으슥한 골목에 들어선 그는 주위에 인적이 없음을 살피더니 낡은 문을 열고 삐걱대는 목조 계단을 타고 아래로 내려갔다.

한참을 내려가자 자그마한 문이 나왔고, 걸인은 조심스럽게 문을 열었다.

열린 문의 끝에는 작은 방이 있었고, 그 방 안에는 귀해 보이는 노인과 청년이 마주 앉아 다향을 즐기고 있었다.

"황후의 암살에 성공했습니다. 황제의 명으로 팔기군이 출군 채비를 갖추고 있습니다."

걸인이 문을 들어섬과 동시에 부복하며 보고했다.

"됐군!"

"그렇군요."

"모두 네 계략대로군."

"글쎄요. 모든 일에는 변수가 존재하니까요."

노인은 복왕이었고, 앞에 앉은 사내는 곽주한이었다.

"백아, 있느냐?"

"예, 주군."

방문이 열리고, 반백의 무인이 공손하게 들어와 부복했다.

"모두에게 전하라. 지금부터 대계를 시작한다. 각 성도에 대기하고 있는 병력은 팔기군이 지나간 뒤 한 시진 후에 미리 준비된 성도로 집결하라 이르라."

"알겠습니다."

방을 지키고 있던 백이라는 사내가 밖으로 나가자 곽주한이 복왕을 향해 넌지시 물었다.

"이제 시작이군요, 모든 것을 파멸로 몰아갈."

"시작이지. 후후."

"하면, 귀문은 어찌 움직이실 생각입니까?"

"후후, 그 또한 준비되었지."

복왕이 곽주한을 향해 득의양양하게 웃으며 고개를 돌렸다.

"적, 있는가?"

"예, 주군."

복왕의 말에 입구의 반대편에 있던 문이 열리고 뚱뚱한 체형의 사내가 들어왔다.

그는 천자산에서 곽주한에게 화탄을 전해준 상인이었다.

"오랜만이군요, 곽 공자."

"으음."

짐작은 했으나 야랑이 소개했던 그도 마찬가지로 복왕의 수족이었던 모양이다.

"귀문에 전서구를 띄워라."

복왕이 품속에서 작은 밀지를 꺼내 적이라 불린 사내에게 내어주자 그 역시 공손하게 뒷걸음질 쳐서 빠져나갔다.

"밀지라……. 그것만으로 귀문을 움직일 수 있습니까?"

곽주한은 밀지의 내용에 의문을 가지며 물었다.

"움직이겠지. 움직일 수밖에 없을 게야. 후후."

"……."

알 수 없는 의미를 담은 미소에 곽주한이 고개를 갸웃거렸다.

기련산 깊은 곳 멸절림 귀문.

갑작스러운 전서구에 귀혼 하나가 급히 내청으로 뛰었다.

무림 전란이 끝난 지금 전서구가 올 일은 희박했던 터지만 귀혼은 자신의 임무를 잊지 않았다.

"귀왕!"

"응?"

무림 전란이 끝난 후 여느 때처럼 한가로운 시간을 보내던 주량은 허겁지겁 뛰어온 귀혼의 모습에 의아한 표정으로 고개를 돌렸다.

통상 전서를 받고 귀왕에게 보고하는 것은 귀혼들의 우두머리인 육귀나 천귀가 하는 하는 일이었기 때문에 궁금증이 생겼다.

"어쩐 일인가?"

"여기……."

귀혼이 부복한 채로 공손하게 두 손으로 밀지를 받쳐 올렸다.

밀지를 받아 든 주량은 무표정한 얼굴로 펼쳐 읽기 시작했다.

한참을 읽어 내리던 주량의 얼굴이 급격하게 굳어갔다.

"이… 이런……."

밀지가 그의 손을 떠나 바닥으로 떨어졌다.

귀혼은 밀지의 내용이 무엇인지 알지 못했기 때문에 주량의 눈치를 살폈다. 주량의 얼굴은 무언가에 놀란 듯이 딱딱하게 굳어 있었고, 호흡이 거칠어져 있었다.

"천귀에게 잠시 귀문을 돌보라 해라!"

"예?"

"다녀올 곳이 있다 하라!"

"예? 예. 명을 받습니다."

반문은 금기.

귀혼이 고개를 숙여 대답하는 사이 주량은 흔적도 없이 사라져 버렸다.

"무슨 일이시기에……."

한참이 지나도 아무런 소리가 들리지 않자 귀혼이 고개를 들었고, 귀왕 주량이 어디론가 사라졌다는 사실을 깨달았다.

"아참, 이럴 때가 아니지."

귀혼은 귀왕 주량이 내린 명을 생각하고 혹시나 하는 마음에 주량이 떨어뜨린 밀지를 주워 천귀를 향해 달려갔다.

기련산을 내려온 주량은 바람이 얼굴을 찢어낼 듯이 빠른 속도로 내달렸다.

"어머니가 살아 계셨단 말인가?"

밀지는 편지였다.

이제껏 한 번도 만나보지 못한 어미가 보낸 편지.

살아 있을 것이라고 한 번도 생각해 보지 않은 어미였고, 자신을 버린 것에 대해 원망했지만 마음 한구석으로 오랜 세월 그리워해 본 어미의 편지였다.

'어머니… 곧 가겠습니다.'

주량의 마음은 급해졌다.

그리움은 기쁨으로 바뀌었다.

단지 만날 수 있다는 기쁨만으로도 주량은 너무도 행복해진 마음에 그의 걸음은 더욱더 빨라졌다.

4

"큰일입니다! 팔기군이 움직였습니다!"

전서구를 받아 든 걸개가 다급히 뛰어와 적생에게 알렸다.

"뭐라고!"

무명이 예측한 대로 팔기군이 황도를 빠져나갔다. 그들의 행선지는 기련산.

귀문과 팔기군이 부딪치는 것은 누구나 예측할 수 있는 사실이었다.

"이럴 때가 아니지. 서둘러 각 성에 나가 대기하고 있는 이들에게 전서구를 띄워라!"

"예, 방주!"

적생의 명령을 받은 걸개들이 다급히 뛰어나갔다.

화산파, 개방, 오가회에 전서구를 보내기 위함인 것이다.

"취아, 서둘러 채비하여라."

"어디로 가죠?"

"화산에는 송학이 있고 오가회에는 양 교주가 있으니, 우리는 양천현(陽泉縣)의 천가장으로 가야 한다."

"예."

개방주 적생은 후개 취취와 함께 청죽봉을 들고 화산을 떠났고, 양천현을 향해 내달렸다.

第七章
두 가지 기다림

武林君子
무림군자

1

"크하하하! 이놈! 네놈이 나를 아주 우습게 보더니 꼴좋구
나!"

장영은 독기에 머리칼이 푸석푸석해져서 부서져 나갔고,
입고 있던 의복이 가루가 되어 쓰러졌음에도 기쁨을 감추지
못했다.

백린영사의 시체가 널브러져 있고 장영은 승리자의 기분
을 만끽하듯이 그 시체 위에 발을 올린 채 대소를 터뜨렸다.

"허, 정말이구만그래. 백린영사가 실존할 줄은……."

멀리서 둘의 싸움을 지켜보고 있던 담심허가 모습을 드러
내고는 믿을 수 없다는 표정으로 혀를 내둘렀다.

천고의 영물이라 일컬어지는 백린영사가 눈앞에 누워 있는 모습에 할 말을 잃어버린 것이다.

장영은 백린영사의 피가 굳기 전에 서둘러 목 언저리를 도려내고 손을 집어넣었다.

내단을 찾기 위함이었다.

"이놈… 도대체 내단을 어디에 둔 게냐?"

용을 쓰며 백린영사의 시신을 뒤적이던 장영이 인상을 쓰며 팔을 휘저었다. 혈액마저 독 기운이 넘실대는 백린영사의 몸에서 자욱한 독무가 뿜어져 나왔지만 담심허가 만들어준 해독단을 먹은 장영이었기에 크게 문제가 되지 않았다.

불필요하게 전해져 오는 독 기운은 내공으로 태워 버리면 그만이었다.

"찾았다!"

장영이 손끝에 움켜쥐어지는 동그란 구슬을 쥐고는 재빨리 빼내었다.

그의 손에는 신비로운 빛을 내뿜는 녹색 구슬이 들려 있었다.

"허허허, 됐다. 됐어. 이만하면 충분해!"

백린영사의 내단을 움켜쥔 장영의 얼굴에 화색이 돌았다.

그가 기쁨에 겨워 있는 동안 담심허가 조용히 다가와 탐욕스러운 눈으로 백린영사를 쳐다보면서 말했다.

"이, 이보게, 내 부탁이 있네. 들어줄 텐가?"

"응?"

"백린영사의 내단 외에 필요한 것이 없으면……."

담심허가 말끝을 흐리자 그가 무엇을 달함인지 눈치챈 장영이 히죽 웃었다.

"필요없네. 나는 내단만 있으면 되네."

장영의 말에 담심허의 얼굴이 급화색이 되었다.

"정말인가?"

기쁘기 그지없었다.

내단 따위는 아무래도 좋았다.

백린영사는 내단이 아니더라도 그 혈액이며 고기까지 영단의 재료가 되지 않는 것이 없었다.

수백 년을 살아왔으니 그 영기가 온몸에 퍼져 있을 터다.

그 모습을 보며 살짝 미소 짓던 장영이 구슨 생각이 들었는지 담심허를 향해 넌지시 말했다.

"음, 그 시신은 자네가 가져도 좋네. 하지만 내 부탁 하나를 들어주겠는가?"

"부탁?"

"음."

"말하게. 자네 부탁이야 뭔들 못 들어주겠는가?"

담심허는 이미 반쯤 이성을 잃어버렸다.

약단을 만드는 자들이라면 누구나 백린영사와 같은 영물의 시신을 놓고 거래를 해오는 자에게 못 들어줄 조건은 없었던 것이다.

"흐흐, 잘되었네, 잘되었어. 자네가 돕는다면 충분할 게야."

"응? 무슨 일이기에?"

"아닐세. 일단 저놈의 시신부터 갈무리하시게. 일단 나도 찾아야 할 사람이 있으니. 그때는 나와 함께 가주시게나."

"좋네!"

백린영사는 선약원의 의원들에 의해 한나절 만에 분해되어 선약원으로 보내졌다.

장영은 역문현(易門縣) 인근의 관제묘를 찾았다.

관제묘는 늘 그래 왔듯이 걸인들이 차지하고 있었다.

걸인들의 주위를 둘러본 장영은 햇볕이 잘 들고 있는 곳에 누운 거지를 발견하고 그 곁으로 다가갔다.

"응?"

자신이 앉은 자리에 그늘이 지자 잠에서 덜 깬 눈으로 걸인이 올려다본다.

볕의 반대편이라 그 얼굴이 잘 보이지 않았지만 장영이 내민 작은 동전에 걸인이 기겁을 하고 일어나서는 엎드렸다.

"귀인을 뵙습니다!"

장영이 내민 것은 녹슨 엽전 하나였다.

장영이 내민 그 엽전은 개방이 귀한 손님을 대할 때 약속의

징표로 주는 것이었고, 그 징표를 줄 수 있는 사람은 개방주 후개가 유일했으니 걸인의 행동이 이해가 될 만도 했다.

엽전을 지닌 사람은 어떤 부탁이든지 개방의 존립이 걸린 일이 아니라면 무조건 들어주어야 했다.

"나는 장 모라는 사람이네. 사람을 하나 찾고 있는데 도와 줄 텐가?"

"사람 찾는 일은 저희에게 별 어려운 일도 아니지요. 말씀 만 하십시오."

걸인의 대답에 장영의 입가에 미소가 지어졌다.

2

장영이 개방의 안내를 받아 무명을 찾으러 가던 그 시각, 기련산의 귀문.

"뭐라!"

천귀의 불같은 호통에 귀혼들이 움찔거리며 자세를 낮추 었다.

귀문에서 귀혼들의 왕은 귀왕 주량이었고 그는 이제 무림 의 지배자였지만, 그 근간을 이루는 것은 여섯 명의 상급 귀 혼들, 즉 육귀라 불리는 이들과 그 육귀의 스승인 천귀였다.

모진 훈련을 통해 인성을 절계한 귀혼들은 세상의 무엇도 두려워하지 않았지만 천귀는 공포의 대상이었다.

"그 사실을 왜 이제야 전하는가!"

주량의 외행을 전하러 왔던 귀혼이 천귀의 질책에 몸을 떨며 자라처럼 목을 움츠렸다.

"천귀님, 지금 화를 내실 때가 아닌 듯합니다. 일단은 서둘러 귀혼을 보내 귀왕을 보필하도록 해야 합니다. 무림을 정벌했으나 아직까지 도처에 귀문을 노리는 이들의 위험이 산재해 있습니다."

"음……."

적귀의 말에 천귀가 침중한 얼굴로 몸을 묻듯이 자리에 앉았다.

"제길."

야단을 맞은 귀혼이 천귀의 눈치를 살피며 손아귀에 쥐고 있던 밀지를 조심스럽게 꺼내 들었다.

두려움 때문에 흘린 땀으로 밀지가 축축이 젖어 있었다.

"여기……."

"응?"

귀혼이 내민 밀지를 천귀가 눈을 찡그리며 받아 들었다.

밀지를 단숨에 읽어 내리던 천귀의 표정이 딱딱하게 굳어 가자 적귀와 흑귀가 천귀를 향해 다가갔다.

"어찌 그러십니까?"

"……."

"천귀님!"

"큰일이다."

"예?"

별안간 불안함이 가득한 표정으로 일어난 그의 모습에 육귀가 고개를 갸웃거렸다.

"어느 전서구를 통해 왔더냐?"

"예?"

"어느 전서구를 통해 왔느냐 묻지 않느냐!"

"예. 그것은… 삼호 전서구를 통해……."

"삼호!"

천귀의 눈이 부릅떠졌다.

삼호가 의미하는 바는 천귀만이 알고 있는 사실이다. 분명 삼호 전서구는 귀문을 뒤에서 키워냈다 해도 과언이 아닌 그와 연결된 것이었다.

'복왕, 무슨 짓을…….'

천귀의 머릿속이 복잡해졌다.

"어째서 나에게 가져오지 않고 귀왕께 가져다 드린 것이냐?"

"예? 그것이… 밀지를 담아온 통에 귀왕 친전이라고……."

"뭐라? 이런 젠장할!"

천귀가 욕설을 내뱉었다.

"큰일이다! 적귀, 서둘러 추격대를 편성해라! 귀왕을 따라잡아야 한다! 무슨 일이 있어도!"

"예? 예, 알겠습니다."

천귀가 서둘러 명을 내리는 사이 외문을 열고 백귀가 헐레벌떡 뛰어들었다.

"천귀님!"

갑작스러운 외침에 모두의 시선이 집중되었다.

백귀는 천귀의 얼굴을 보자마자 다급한 음성으로 외쳤다.

"팔기군! 팔기군이 출병했습니다!"

"뭐라고? 그게 무슨 소리더냐? 황도에 있어야 할 놈들이 어째서?"

"연유는 파악 중입니다. 하나 전서를 통해 날아온 소식에 의하면 팔기군 병력 일만이 중무장을 하고 산서의 문수현(文水縣)을 지났습니다. 대장은 홍기군장 황연화가 맡고 있으며 목적지는 기련산입니다."

"……."

백귀의 보고에 천귀는 온몸의 힘이 빠져 버리는 것 같았다.

"그런……."

일만이라면 귀문 일천 무인의 열 배에 달하는 병력이었고, 중무장을 했다면 필시 좋은 뜻으로 오지는 않을 터였다.

무림 전체와 싸워 이겼던 귀문이지만 상대는 청군 최강이라 불리는 팔기군이다. 일설에는 풍룡 무명이 일백을 상대했다고 하나 그는 무림에서 최강이라는 칭호로 불리고 있고, 귀왕 역시도 인정한 상대였다.

일만의 팔기군이 몰아친다면 주량이 없는 지금 귀문이 쓸려 나가는 것은 시간문제였다.

"어찌 그런……."

할 말을 잃고 풀썩 주저앉는 천귀의 머릿속에 불현듯 떠오른 사실이 있었다.

"설마……."

어미를 사칭해 귀왕을 기련산 밖으로 빼돌린 복왕의 편지와 그에 맞춘 듯이 귀문을 향해 진군해 오는 팔기군 일만 군세.

"이럴 수가……."

모든 것이 복왕의 계획임에 틀림이 없었다.

그리고 귀문은 복왕으로부터 버림받은 것이다.

팔기군을 황도에서 빼내 귀문과 충돌시키게 되면 양쪽 다 엄청난 피해를 입어야 함이 분명했다.

그와 동시에 적이 없어진 복왕은 반란을 일으킬 것이 분명했다.

"절묘하게… 당했구나."

천귀가 허탈한 음성으로 말했다.

"천귀님, 어떤 연유입니까? 어째서 그러십니까?"

"아니다, 아니야. 일단은 주군을 찾고 팔기군과 싸울 준비를 해야 한다. 그의 계략대로 이곳에서 무너질 순 없다. 어떻게 이루어낸 선대의 유지인데… 절대로 안 된다."

"……."

천귀의 중얼거림에 육귀와 귀혼들은 영문을 알지 못해 어리둥절하기만 했다.

"백귀."

"예, 천귀!"

"육귀를 모아라. 귀문의 무인들을 여섯 개로 나눈다. 주군께서 팔기군과 부딪치는 일이 있어서는 안 된다. 서둘러 기련산을 떠나야 한다."

천귀의 명에 적귀가 의구심이 가득한 얼굴로 물었다.

"하면? 기련산은?"

"지금 귀문의 생존보다 중요한 것은 주군의 안위다. 주군께서 계시면 귀문은 언제든지 다시 일어설 수 있다. 물론 이 무림에 귀왕을 해할 수 있는 자는 삼황이나 그에 근접한 무인뿐이다. 그 외에는 누가 달려들어도 귀왕을 해할 수는 없다. 무리가 아니라 혼자라면 그분은 무적에 가까울 터. 하나 만일이라는 것이 있다. 서둘러 주군을 찾아야 한다."

"존명!"

천귀의 명에 육귀가 서둘러 움직이기 시작했다.

외부로 나간 귀혼들을 향해 수십 마리의 전서구가 하늘로 날아올랐고, 기련산에서 수련을 하던 귀혼들이 천귀의 명에 모조리 소집되었다.

기련산을 떠나 한참을 내달린 주량은 하남의 숭산(嵩山) 인근 산자락에 도착했다.

온몸의 공력을 끌어올려 달려온 터라 입고 있던 의복은 비 맞은 것처럼 땀에 젖어버렸다.

"후우⋯⋯."

밀지에 쓰인 곳은 바로 이곳 숭산 인근이었다.

어미가 보낸 밀지에는 숭산 인근의 소불객점이라는 곳에서 기다리겠다고 적혀 있었다.

주량은 인적이 드문 곳에서 오래된 객점을 발견했다.

고개를 올려 현판을 보는 순간 주량의 심장은 터질 듯이 쿵 쾅거리기 시작했다. 온몸의 피가 심장으로 몰려든 것만 같았다.

아무것도 하지 않았음에도 마른침이 넘어갔고, 객점으로 향하는 다리에는 힘이 풀려 떨렸다.

촤라락.

주렴을 걷어내고 들어간 주량이 긴장된 모습으로 객점 안을 둘러보았다. 객점 안에는 개미 새끼 한 마리 보이지 않았다.

"아, 아직 오지 않으신 건가?"

조금 허탈한 마음도 들었지만 어미를 뵐 수 있다는 생각에 주량은 객점의 자리를 잡고 앉았다.

밀지에는 만나자는 것만 있었지 언제까지 오겠다는 말은

없었으니 미리 와서 기다린다는 것은 말도 안 된다고 자위했다.

"어서 오십시오."

염소수염에 아무렇게나 걸쳐 입은 객점 주인이 느릿한 걸음으로 다가와 엽차를 건네었다.

"뭘 드시겠습니까?"

주문을 기대하며 넌지시 물어오는 객점 주인을 향해 주량이 긴장된 기색이 역력한 목소리로 물었다.

"혹시 한 여인이 이곳을 찾지 않았는가? 여럿이어도 괜찮네."

"여인이요? 글쎄요. 원체 장사가 되지 않아서 사람이 들지 않은 지 꽤 되었습죠."

"그, 그런가?"

객점 주인의 대답에 주량의 목소리와 표정이 실망스럽게 변했다.

"어찌 그러십니까?"

"아닐세. 기다리는 사람이 있네."

"그… 렇습니까? 저어, 주문은… 뭘로……?"

객점주가 주량의 얼굴을 살피며 묻자 주량이 허둥거렸다.

"아, 미안하네. 죽엽청과 오리 구이 하나만 가져다주게."

주량으로서는 아무렇지도 않게 주문했지만 객점주가 난색을 표하며 뒷머리를 긁적거렸다.

"소, 손님, 죄송합니다만 저희같이 영세한 객점에선 죽엽
청 같은 고급술은 팔지 않습니다."

"아, 그렇군. 그럼 아무거나 자신있는 것으로 가져다주게."

"예, 잠시만 기다리십시오."

객점 주인이 화색을 띠며 주방으로 들어갔다.

모처럼의 손님에 객점주가 콧노래를 부르며 즐거워하는
동안 주량은 얼굴조차 알지 못하는 어미와의 만남을 위해 옷
매무새를 살피기도 하고 머리를 매만지기도 했다.

하지만 주량의 앞에 비워진 자리는 해가 떨어지고 어둠이
찾아와 불을 밝혔음에도 채워지지 않았다.

'기약이 없었으니…….'

조금은 실망스러웠지만 주량의 설렘을 넘어서지는 못했
다.

어미에게 물어볼 말이 너무도 많았기 때문이다. 어째서 자
신을 버렸는지, 어찌 살았는지, 머릿속을 맴도는 말들 중 어
미를 만나면 무엇을 먼저 말해야 할까를 고민하는 중에 밤이
지나고 날이 새었다.

주량으로 인해 객점주는 인접한 탁자에 앉자 꾸벅꾸벅 졸
다 첫닭이 우는 소리에 깨어났다.

"쓰읍."

흐른 침을 닦으며 잠에서 깬 객점주는 주량이 혹여나 도망
이나 하지 않았는지 살펴보았지만 주량은 처음 그 모습 그대

로 자리에 앉아 있었다. 외관을 보니 잠을 청하지도 않은 듯한 모습이다.

다시금 잠을 청하려는 객점주를 향해 주량이 희미한 미소를 띠고 품에서 은원보 하나를 건네었다.

"기다리지 않아도 되네. 정히 불안하면 선금을 먼저 주지."

"예? 아, 그것이……."

마음을 들켰기 때문인지 객점주의 얼굴이 붉게 달아올랐다.

주량에게는 지금 기다림의 지루함보다는 만남의 설렘이 더욱 컸기 때문인지. 얼굴에는 여전히 미소가 어려 있었다.

하지만 삼 일이 지나자 주량의 마음속에는 걱정이라는 것이 자리 잡았다.

'혹시 변을 당하신 것인가? 오지 못하실 이유라도…….'

처음과 달리 실망스러움이 배어 나오는 모습에 뒤에서 몇 번이고 술병을 갈아준 객점주가 다가왔다.

"공자님, 누구를 기다리는지 모르나 잠도 자지 않으시면 몸을 상합니다."

걱정스러운 마음이 느껴져서일까?

주량은 고개를 내저었지만 실망감을 감출 수는 없어 보였다.

"휴우!"

주량의 한숨에 객점주가 더 이상 말을 꺼내지 않고 밖으로 나왔다.

"술이 떨어졌네? 이런, 그럼 잠시 객점을 봐주십시오."

주방을 살피던 객점주는 술동이를 가지러 뒤뜰로 나갔고, 그 모습에 주량은 가볍게 고개를 끄덕여 주었다.

한데 뒤뜰에 나온 객점주가 술동이를 지나쳐 객점 밖으로 한참을 벗어나 달음질을 시작했다. 숨이 턱에 차오를 정도로 달린 객점주가 도착한 곳은 숭산에서 조금 떨어진 번화가의 다원이었다.

다원으로 들어가 두리번거리던 객점주는 모란이 그려진 방문을 열었다.

"되었습니다!"

다짜고짜 방문을 열고 소리쳤지만 그 행동에 대해 나무라는 이는 아무도 없었다.

오히려 방 안에 있던 노인이 얼굴에 웃음을 띠며 객점주를 향해 작은 전낭을 던져 주었다.

쩔그렁.

"수고했네. 그의 기분은 어떠하던가?"

"많이 실망한 눈치였습니다. 더욱이 이틀 동안 잠도 자지 않은 상태이옵고, 초조한 기색이 역력해 보였습니다."

"호오, 그래?"

"아무렴요. 소인이 계속해서 지켜보았습죠."

"후후, 다행이구만. 잘되었어."

객점주는 자신의 앞에 떨어진 전낭을 보며 입이 헤벌쭉 벌어졌다. 묵직한 소리가 났으니 적지 않은 돈이 들어 있을 터다.

"자, 그럼 어디 어미와의 만남을 주선해 볼까?"

노인이 자리에 일어나 방을 나가자 함께 있던 무인들이 객점주를 지나쳐 따라 나갔다.

스걱!

막 마지막 무인이 방을 나서는데 전낭을 손에 쥐고 풀어보던 객점주의 목이 바닥으로 떨어지며 피분수가 뿜어졌다. 객점주는 탐욕에 가득 찬 얼굴 표정으로 목숨을 잃었다.

"불필요한 재물을 탐한 죄."

무인은 싸늘하게 말하며 검을 집어넣고 노인의 뒤를 따라갔다.

"오늘도 오지 않으시는 것인가."

쓸쓸함마저 느껴지는 목소리로 주량이 자리에서 일어났다.

무엇을 기대했던 것인가?

어차피 태어나 지금까지 없다 생각하고 살아왔던 어미가 아닌가? 문득 자신의 모습을 생각한 주량이 피식 웃음을 터뜨렸다.

그때 객점 밖에서 왁자지껄한 소리가 들렸다.

"정말인가?"

"아, 그렇다니까. 일단 목이나 좀 축이자구. 괜히 힘만 뺐구만."

"그러게 말일세."

수염이 덥수룩한 사내 넷이 주렴을 걷으며 객점으로 들어왔다.

"이봐, 아무도 없나?"

객점을 둘러보지만 주량 이외에는 사람이 없는 듯하자 사내들은 햇볕이 들고 있는 탁자에 앉았다. 단정하게 차려입은 주량이 객점주라고는 생각되지 않았기 때문이다.

"그나저나 아깝구만. 잡아다 관에 바쳤으면 제법 짭짤했을 텐데 말이야."

"그러게 말이야. 태자비가 아닌가, 태자비."

사내들의 목소리가 주량의 귓가를 파고들자 주량의 눈이 살짝 커졌다.

"근데, 태자비라는 것이 사실인가?"

"당연하지, 이 사람아. 안 그러면 그 팔기군의 무장이라는 놈들이 이를 갈며 잡으러 갔겠는가?"

"하긴, 어찌 되었든 아깝네. 고년 참 얼굴은 반반하게 생겼더구만."

뻐억!

고개를 절레절레 흔들고 있던 사내가 무언가에 얻어맞고 튕겨 나갔다.

"뭐, 뭐야!"

사내들이 자신들의 거치도를 잡아 빼며 경계하려 했으나 눈앞에 선 사내가 뿜어내는 살기에 몸을 움직일 수가 없었다.

"지금… 했던 말, 다시 해봐."

분노로 가득 찬 주량의 목소리가 잘게 떨리며 텁석부리사내들에게 물었다. 객점으로 들어오며 보았던 이가 맞는가 싶을 정도로 완전히 뒤바뀌어 버린 모습이었다.

"그… 그……."

사내들은 주량의 살기에 억눌려 더듬거렸다.

"셋은 필요없겠지."

퍼억!

말이 끝남과 동시에 좌측에 서 있던 사내의 머리통이 수박처럼 박살이 나며 허연 뇌수가 사방으로 튀었다.

"커컥!"

주량의 손이 살아남은 사내의 목울대를 움켜쥐었다. 목이 잡힌 사내는 숨 막히는 살기 속에서 살아보려 버둥거렸다.

"대, 대협, 사… 살려주십시오."

"원하는 대답을 들으면 살려준다. 말해봐. 좀 전의 이야기."

"그, 그것이……."

"빨리 대답하지 않으면 죽는다."

스산할 정도로 차가운 목소리에 텁석부리사내의 몸에 소름이 돋아 올랐다. 사내는 지금까지 살면서 가장 빠르게 자신이 보았던 사실을 늘어놓기 시작했다.

"태자비입니다. 패망한 명조에서 살아남은 태자비가 팔기군에 쫓기고 있었습니다. 살려주십시오. 저희는 아무 짓도 하지 않았습니다. 만약 눈으로 본 것이 죄라면 눈을 뽑아버리겠습니다, 대협. 제발!"

털썩.

사내의 말이 끝나자 주량이 목을 움켜쥔 손을 놓았고, 다리에 힘이 풀려 버린 사내가 바닥에 주저앉았다. 주량이 주는 공포에 오줌을 지렸는지 지린내가 피어올랐다.

"어.디.냐?"

주량은 한 자 한 자 힘을 주어 끊어내며 끓어오르는 분노를 참아내고 있었다.

"수, 숭산 북쪽 산 초입입니다."

쿠앙!

사내가 말을 마침과 동시에 객점의 벽면이 터져 나가며 주량의 모습은 흔적도 없이 사라져 버렸다.

객점 벽을 뚫고 달려나가는 주량은 흡사 물차는 제비와도 같은 속도로 숲을 내달렸다.

숲에 접어들면서 나뭇가지가 눈앞을 가로막았지만 주량의 온몸에서 일어난 살기에 몸에 닿기도 전에 부서져 나갔다.

'태자비… 내 어머니……'

분노가 끓어올랐다.

살기는 더더욱 강해져 갔다.

"모조리 죽인다!"

주량의 몸은 어느 순간 빛살보다 빠르게 쏘아져 나갔다.

핑!

공기를 꿰뚫고 화살 하나가 날아올랐다.

"악!"

화살이 목발을 짚고 절룩거리며 걷던 여인의 허벅지에 틀어박히자 이내 붉은 피가 튀어 올라 여인이 입은 백의를 시뻘 겋게 물들였다.

그녀는 바로 일향이었다.

일향과 십여 장이 떨어진 곳에 말을 타고 서 있는 무장 중 하나가 무표정한 얼굴로 또 하나의 화살을 메겨 올렸다.

핑!

오른팔.

목발을 짚은 오른팔이 화살에 꿰뚫리자 일향이 단발마의 비명과 함께 쓰러졌다.

"으윽!"

다각다각.

무장이 천천히 일향을 향해 다가왔다.

"도망쳐라."

"……."

나지막하게 내뱉는 무장의 말에 일향이 독기를 품은 눈으로 쏘아보았다.

"어차피 조금만 더 기다리면 죽을 운명. 최대한 발악해 보는 것도 나쁘지 않을 텐데… 어쩌면 그 불쌍한 생을 연명할 수 있지 않겠나?"

무장은 일향을 비웃었다.

피잉!

그때 숲을 뚫고 백색의 연막이 하늘로 치솟아올랐다.

'신호!'

무장들은 연막이 피어오름과 동시에 굳은 얼굴로 검을 뽑아 들었다.

"죽을 때로군."

쓰러진 일향의 앞에 서 있던 무장이 검을 뽑아 검극을 일향을 향해 세웠다.

"크크크, 죽어라!"

슈욱!

검이 내질러짐과 동시에 무장들과 일향이 있던 숲 한쪽이 허물어졌다.

콰드드득!

잘려진 것이 아니라 기둥 하단이 뜯겨져 나감과 동시에 검을 들고 경계하던 무장 둘이 반격도 못하고 튕겨 나갔다.

푹!

무장은 동료들이 어떻게 되는지는 신경도 쓰지 않은 채 일향의 몸에 검을 꽂아 넣었다.

"안 돼!"

투웅!

피를 토하는 듯이 억눌린 외침성과 함께 일향의 몸에 칼을 꽂았던 무장의 머리가 으깨지며 튕겨 나갔다.

"아, 안 돼……."

무장들을 단숨에 피떡으로 만들어 버린 인물은 바로 주량이었다.

검에 가슴을 꿰뚫린 채로 헐떡거리는 일향의 모습에 주량이 다급히 다가왔다.

화살에 허벅지와 오른팔이 꿰뚫려 무장들에게 유린되고 얼굴에는 기다란 상처를 가진 여인.

확실하진 않지만 어머니일지도 모르는 여인이 가슴에 꽂힌 검 때문에 힘겹게 숨을 헐떡이며 초점을 잃어가고 있었다.

"안 돼… 안 돼… 제발……."

주량은 어떻게든지 지혈을 하며 화살과 검을 뽑아냈다.

빠져나온 검에 가슴의 상처에서 핏물이 울컥하며 쏟아져

일향의 가슴을 적셨고, 주량이 입고 있던 옷에 번졌다.

"누구……."

일향이 힘겨운 목소리로 자신을 안아 든 주량을 보며 묻는다.

"말하지 마세요. 말하지 말아요. 제발……."

어떻게든지 가슴에 난 상처를 막아보려는 주량의 눈에 습막이 차올랐다. 어떻게 만나게 된 어미인데, 이렇게 잃을 수는 없었다.

"늦었어요. 이미……."

주량이 고마워서였을까?

일향이 고통스러움 속에서도 희미하게 웃으며 눈에 초점을 잃어가고 있었다.

"아니, 살아야 해요. 살아야 해요. 어떻게 만났는데… 어떻게 만난 어머니인데……."

뜨거운 눈물을 쉴 새 없이 흘리며 여인의 가슴을 막아보려는 주량의 말에 초점을 잃어가던 일향이 주량을 바라보았다.

"서, 설마… 네가 량이란… 말이냐?"

"예, 량입니다. 저예요."

"살아 있었… 구나……."

생의 이별을 맞이하는 시간이 다가오는 일향은 힘겹게 손을 들어 올려 주량의 볼을 쓸었다.

"살아 있었어. 잘 컸구나……. 이리도 훌륭하게… 어미가… 미안…….”

"아닙니다. 괜찮아요. 아무렇지도 않아요. 어쩔 수 없이 떠나야 했다는 것 알아요. 어쩔 수 없었다는 것 알아요."

주량이 미안해하는 일향의 말에 세차게 고개를 내저으며 부정했다.

"그래… 고맙…….”

주량의 눈물을 닦아주던 일향이 차마 말을 마치지 못하고 고개를 꺾었다.

"어머니!"

주량이 다급히 일향을 부른다.

"어, 어머니!"

하지만 이미 일향의 몸은 싸늘하게 식어가고 있었고 숨을 내쉬지 않았다.

"…….”

주량은 망연자실한 표정으로 일향을 부여잡고 그녀의 가슴에 얼굴을 묻었다. 가슴에서 배어 나온 피가 얼굴에 범벅이 되었지만 주량은 개의치 않았다.

얼굴을 묻은 채 한참이나 어깨를 들썩이며 소리없이 울었다.

숭산의 인근 산자락.

전에 없던 작은 봉분이 생겨났다.

그리고 그 앞에는 온통 피투성이가 된 의복을 걸친 사내가 허망한 표정으로 봉분을 바라보며 서 있었다.

"묻지… 못했는데… 하고 싶었던 말을 하나도 하지 못했는데……."

힘없이 내뱉은 목소리가 공허하게 숭산 자락을 울렸다.

어미에 대한 그리움,

그리고 이십여 년이 지나 이루어진 만남.

하늘이 저주스러웠다.

자신에게 이런 저주스러운 운명을 타고나게 한 하늘이 너무도 원망스러웠다.

어째서 하늘은 태어날 때부터 한 번도 행복이라는 것을 자신에게 부여해 주지 않았는지가 너무도 화가 났다.

"죽여 버릴 테다."

슬픔은 아주 천천히 분노로 변해갔다.

"모조리 죽여 버릴 테다. 내 어미의 죽음에 조금이라도 관계가 있다면 살아 있는 것이 미치도록 싫어지게 만들어주마."

주량의 온몸에서 끓어오른 살기가 검붉은빛을 띠며 유형화되어 퍼져 나갔다. 그의 기운이 닿은 곳이 생기를 잃고 말라죽어 갔다.

지면의 풀들이 순식간에 푸석푸석하게 부서져 나갔고, 나무들은 딱딱하게 말라 잎을 떨어뜨리며 쓰러졌다.

"팔기군… 팔기와 관계된 여진… 황제… 모조리 죽여주지."

주량의 눈에서는 피눈물이 흘러내리고 있었고, 꽉 쥐어진 주먹에서는 핏물이 흘러내리고 있었다.

손톱이 손바닥을 파고들었지만 아픔이 느껴지지 않은 듯이 주량은 천천히 걸었다.

"쥐새끼……."

핏!

주량이 기분 나쁜 눈으로 나무 그늘을 쏘아보자 폭발이라도 일어난 것처럼 흙더미가 터져 오르고 땅 위로 핏물이 솟아올랐다.

"……."

잠시 핏물이 올라온 흙더미를 바라보던 주량이 몸을 솟구쳐 사라졌다.

잠시 후,

"크윽……."

폭발이 일어났던 땅을 뚫고 복면을 쓴 인영이 솟아올랐다.

그는 오른팔이 잘려 나간 어깻죽지를 왼팔로 감싸 쥐고 비틀거렸다.

"큰일 날 뻔했군. 재빨리 귀식을 하지 않았으면 죽음을 면치 못했을…… 주량, 과연 괴물이군. 어쨌든 주량의 분노를 이끌어내었다. 날뛰어라, 주량이여. 어차피 그것이 너의 운명이다. 어쩌면 반란의 최대 걸림돌이 되겠지. 하지만 황염수의 기운을 머금은 너는 분노가 네 명줄을 잘라놓을 것이다. 크크크."

의문의 인물은 알 수 없는 말을 내뱉그 소리없이 그늘진 어둠 속으로 사라졌다.

第八章
천귀의 죽음

武俠
무림군자

1

전대미문의 혈풍이 중원을 뒤덮기 시작했다.

기련산으로 진격한 팔기군은 성서성 상남(商南) 인근 협곡에서 귀문의 무인들과 충돌했다.

귀왕을 찾는 것이 우선이었던 귀문은 팔기군과 정면으로 부딪혀 그들의 쇠뇌에 삼분의 일에 달하는 무인들을 잃었다.

어쩔 수 없이 무인들을 물린 천귀는 팔기군과 난전을 펼치기 시작했다.

일만에 달하는 팔기군이었지만 초반의 승세를 지키지 못하고 이곳저곳에서 난전을 펼치고 사라지는 귀문의 무인들을 상대하느라 수많은 병력을 잃어야단 했다.

귀문은 절대 팔기군과 정면 대결을 하지 않았다.

은밀하게 숨어들어 군문의 수장들을 암살하고 사라지는 통에 팔기군은 혼란을 겪어야 했다.

우익을 치는가 싶으면 금세 좌익에 암살자들이 나타났다.

벌써 수백여 명을 베어내었지만 다시금 나타나는 그들로 인해 팔기군은 도무지 그 수를 짐작해 내지도 못했다.

하지만 이틀여가 지나고부터 싸움은 서서히 팔기군에게 유리하게 전개되어 갔다.

귀문의 공격도 시간이 흐를수록 서서히 줄어들고 있었다.

하루에 수십 회씩 공격해 오던 그들이 지금에 와서는 두어 번씩밖에 나타나지 않았다.

팔기군의 수장이 된 황연화는 적을 일거에 몰아붙일 생각으로 귀문의 무인들을 대비해 함정을 파고 기다렸고, 수장인 황연화를 제거하기 위해 침투한 귀문의 무인 오십이 화탄과 쇠뇌의 공격에 비명횡사했다.

황연화는 귀문의 분노를 이끌어내기 위해 죽은 오십여 명의 시신을 기련산 곳곳에 내걸었다.

상남(商南) 인근 북쪽 동굴.

"으윽……."

천귀는 화탄의 폭발에 휩쓸려 다리 한쪽을 잃었다.

천귀뿐만이 아니라 귀문의 무인 대부분이 경미한 것에서

부터 목숨이 위험할 정도로 큰 부상을 입었다.

"으드득!"

천귀의 어금니가 거세게 갈렸다.

모든 것이 복왕의 계책이 분명할 것。다. 토사구팽이라는 말처럼 무림인들이 귀문에 휩쓸려 어떠한 행동도 할 수 없게 되자 그 중심에서 전란을 일으킨 귀문은 사냥 끝난 개처럼 버려진 것이다. 그것도 팔기군을 황도에서 빼내는 임무까지 수행하게 되었으니 화가 나지 않을 수가 없었다.

"복왕⋯⋯."

천귀의 눈에 불길이 일어났다.

천귀는 동굴로 피신한 귀문의 무인들을 둘러보았다.

일천 중 살아남은 것은 고작 팔십여 명에 불과했다.

일기당천의 무인들이었지만 군진을 뚫지는 못했다. 열 배의 수적 우세를 가진 팔기군은 보검과 중갑의 무장으로 무공의 격차를 줄여 버린 것이다.

육귀의 상태도 말이 아니었다.

황연화를 암살하려 했던 은귀와 적귀는 그 시체마저 유린되고 있었고, 백귀는 심각한 상처로 인해 목숨이 위태로운 지경이었다.

"천귀⋯⋯."

한쪽 눈과 팔을 잃은 흑귀가 다가왔다.

귀면탈이 깨어지고 드러난 그의 얼굴은 살점이 문드러져

추악하기 이를 데 없었지만 천귀는 그런 그의 외모는 신경 쓰지 않았다. 단지 적들에게 빼앗겨 버린 한쪽 눈과 팔에 마음이 아플 뿐이었다.

"어찌 되었느냐?"

"괴멸입니다. 살아남은 것은 팔십이나 그중 수명을 다한 것이 스물, 부상자를 빼고 나면 움직일 수 있는 것은 고작 스물에 불과합니다."

"음."

참담할 지경이었다.

"팔기군은……."

"팔기군의 상황은 아직 파악하지 못했습니다. 정찰로 보낸 귀혼들이 한 식경이 넘게 도착하지 않은 것으로 보면 그들 역시 당한 듯합니다."

"죽일 놈들."

욕설을 내뱉는 천귀의 얼굴이 몇 년은 더 늙어 보였다.

"이 상황으로는 힘듭니다. 지금의 상황에서 팔기군 삼천도 상대할 수가 없습니다."

"음."

결단을 내려야 했다.

지금으로써 팔기군과 싸움을 이어간다는 것은 이란격석에 불과했다.

"흑귀."

"예."

"지금부터 내가 하는 말을 잘 들어라."

"······."

"팔기군과의 싸움은 포기한다. 그리고 중원에서 퇴각한다."

"······."

"나는 부상자들을 데리고, 마지막까지 팔기군과 싸우겠다."

"천귀님! 그것은 제가 하겠습니다!"

육귀 중 살아남은 흑귀, 은귀, 금귀가 다친 몸이었음에도 무릎을 꿇고 말했다.

"아니다. 너희들은 해야 할 일들이 있다."

"······."

"금귀, 은귀, 너희 둘은 지금 즉시 주군을 찾아라. 지금의 상황을 전하고 주군을 세외로 모셔라. 중원을 떠나야 한다. 주군께서 아무리 강하다고 하시나 일국의 군세와 비견할 수는 없다. 주군 또한 어쩌면 지금 어려움에 처해 계실지도 모른다."

천귀의 말이 이어질수록 금귀와 은귀, 흑귀의 얼굴이 어두워졌다.

"모두 같이 가야 합니다. 함께 피신하시지요."

금귀가 무거운 음성으로 천귀에게 말했다.

"아니다. 팔기군을 우습게 보아서는 안 된다. 그들은 끝까지 추격할 것이 틀림없다. 마지막 하나까지 죽이려 할 것이다."

천귀가 고개를 내저었다.

"흑귀."

"예, 천귀."

"너는 지금부터 살아남은 스물의 귀혼을 데리고 세외로 벗어나 주군을 기다려라."

"하지만……."

"내 말대로 해. 살아남으면 언제라도 복수를 할 수 있다. 주군과 너희들이 살아남으면 귀문은 다시금 중원 무림을 정벌하고 우리를 이 지경으로 만든 팔기군과 그들을 움직인 복왕의 세력과 싸울 수가 있다."

"하지만 복왕을 용서할 순 없습니다."

"안다. 용서해서는 안 되지. 하나 지금은 그를 죽일 수 없다. 너희들도 알 것이다. 그의 수하 중에 누가 있는지."

"……."

"일단은 다시금 하늘로 날아오를 때를 기다려야 한다."

천귀가 말을 끊자 모두가 침통한 표정이 되었다.

"시간이 없다. 서둘러라. 이곳은 내가 맡겠다."

"천귀."

"걱정 마라. 어차피 늙으면 죽어야 하는 인생이다. 죽어야 할 인생이라면 이처럼 멋스럽게 죽는 것도 괜찮지 않겠는 가?"

천귀의 말에 귀면탈이 벗겨진 세 명의 사내는 아무런 대답도 하지 못했다.

"가거라. 명심해라. 주군을 어떻게든지 모시고 떠나야만 한다."

천귀는 그 말을 끝으로 몸을 돌렸다.

어떠한 대답도 하지 못하고 우두커니 천귀의 등을 바라보던 흑귀가 천천히 무릎을 꿇고 천귀의 등에 대고 절했다.

"천귀, 당신을 이제껏 스승으로 생각해 본 적 없습니다. 당신은 이제껏 저희 귀혼의 아버지나 다름없습니다. 부디 보중하십시오. 반드시 주군을 뫼시고 다시 돌아오겠습니다."

이마를 땅에 대고 엎드린 흑귀의 눈에서 진물이 섞인 눈물을 흘렸다.

"……."

천귀는 아무 말도 하지 않았다. 하나 등을 돌리고 있어 보이지 않았지만 그의 눈에도 뜨거운 눈물이 흐르고 있었다.

그렇게 천귀와 부상당한 귀혼을 버려둔 채 흑귀는 스물의 귀혼과 함께 은밀히 동굴을 빠져나갔고, 적귀와 은귀는 주량을 찾기 위해 기련산을 떠났다.

"후후, 좋다. 팔기군 놈들, 네놈들에게 최악의 죽음을 선사해 주마."

천귀는 살아남은 귀혼들을 이끌고 다시금 전장으로 향했다.

2

기련산에서 귀문과 팔기군의 싸움이 진행되어질 무렵 중원에서도 전쟁의 바람이 불고 있었다.

반청복명, 주가복위라는 기를 내걸고 산서, 하남, 산동에서 봉기가 일어났다.

그들의 우두머리는 복왕 주가항이었다.

망해 버린 명조의 마지막 황제였던 숭정제의 사촌으로 세수 칠십여 세를 헤아리는 인물이었다.

그는 주가를 멸하고 한족을 짐승처럼 취급한 현 황가를 비난하며 반란군을 이끌고 황도로 진격을 명했다.

반란군 본진.

"자네의 계략이 적중했군. 수고했네. 자네와 약속한 대로 반드시 청조를 무너뜨려 주지."

모든 것이 이루어진 것처럼 복왕이 곽주한을 향해 웃음을 터뜨렸다.

"봉기의 주축이라는 이들이 모두 한인의 난민이었습니까?"

"그렇다네. 모두가 청조에 원한이 많은 인물이지."

"창검을 잡은 것을 보니 제법 훈련을 받은 듯하더군요."

"당연한 일이네 오랫동안 준비해 왔지. 청조 십 년, 어둠 속에서 지금까지 이때만을 기다려 왔네."

"……."

곽주한이 복왕을 물끄러미 쳐다보았다.

일향의 죽음에 대해서 우연치 않게 알게 되었다.

복왕은 팔기군으로 위장시킨 수하들을 이용해 주량이 보는 앞에서 일향을 죽였다.

지금 분노한 주량이 어디에 있는지는 알 수 없지만 그가 날뛰면 황도는 혼란에 휩싸일 것이 분명했다.

천자산에서 보았던 그는 가히 괴물이라고 해도 좋을 만큼 강한 무인이었으니까.

"만약 귀왕이 모든 일의 중심에 당신이 있다는 사실을 알게 되면 어찌 될까요? 그는 수천의 군대보다 강합니다."

"알지. 그의 강함에 대해서는… 귀문에 그가 들어간 순간부터 보아왔으니까."

복왕은 주량에 대해 그다지 신경 쓰지 않는 듯했다.

"후후, 그가 휘저어줄수록 황도로의 진격은 더욱 수월해지겠지. 분노에 미친 그는 분명 황도로 향하고 있을 것이야. 수하들의 말로는 여진이라 불리는 이들은 모조리 죽이고 있다고 하더군. 조만간 황도로 가는 관문이 그에 의해 모조리 쓸려 나갈 참이니 우리가 가는 길은 편안하겠지. 안 그런가?"

"그렇군요. 주량을 그런 식으로 이용할 줄은 몰랐습니다. 하면 그는 어찌하실 생각입니까?"

"어찌하다니?"

"만약 그가 황도와 싸우고 있을 무렵에 반란군이 황도로 가게 되면 피아를 구분하지 않는 그의 분노를 사게 될 터인데……."

"후후, 내가 그렇게 허술해 보이는가?"

"……."

"귀왕 주량, 대단한 녀석이지. 멍청한 숭정의 손자 놈이 그리 대단하게 클 줄은 몰랐지. 하지만 귀왕의 내력은 귀문에서 전해지는 황염수에 기인한 것이지. 황염수라는 것은 말이야, 뛰어난 것임에는 분명하지만 분노로 가득 차 심마가 닥친 이에게는 독과도 같은 기운이야. 이미 어미의 죽음에 분노로 미쳐 버린 주량은 지금쯤 자신의 몸이 전과 다름을 알고 있을 게야. 분노가 커질수록 놈은 서서히 죽어갈 거야. 아마도 우리가 도착하면 황제의 얼굴도 보지 못한 채 죽어 있을지도 모르지."

귀왕에게 그러한 비밀이 있음을 알지 못했던 곽주한이 고개를 끄덕였다.

"그렇군요."

"후후, 자, 걱정하지 말게. 우리에게 남겨진 것은 승리뿐이야. 염원하던 황제의 위에 내가 앉게 되는 것이지."

"많은 희생이 있을 겁니다."

"희생?"

복왕이 이해할 수 없다는 얼굴로 곽주한을 쳐다보았다.

"무슨 희생 말인가?"

"아무리 훈련을 받았다고 하나 무공을 익힌 어림군과 황성
수호대와의 싸움에선 수많은 희생이……."

"자네답지 않군."

"……."

복왕이 고개를 내저었다.

"자네는 목적을 위해 부하들을 죽음으로 내몬 철혈의 군사
가 아니었나?"

"……."

"척일도의 죽음을 위해, 반란을 위해 얼마나 많은 동료를
죽인 것인지 내 모두 알고 있네만… 천자산의 혈투 때도 그랬
지. 죽어가는 사흑련의 무사들을 보고도 귀문의 진격을 막기
위해 화탄을 쏟아부었지. 아니었나? 후후, 고작 난민에 불과
한 이들의 죽음에 내가 신경 쓸 것이라 생각했나? 어차피 그
들은 새로운 황제를 위해 죽어가는 것이지. 희생이라니, 도리
어 영광스러워해야 하지 않겠나? 자, 쓸데없는 소리 말고 미
리 승전을 축하하세나."

복왕이 너털웃음을 터뜨리며 일어나 천막을 나갔다.

남겨진 곽주한은 물끄러미 복왕의 말을 생각하며 피식 웃음을 흘렸다.

'후, 그렇군. 나도 그와 똑같은 인물이었군.'

왠지 자신이 너무도 싫어진 곽주한이었다.

그가 원한 것은 이런 것이 아니었다.

아비의 복수를 위해 사흑련의 군사가 되었고, 이제는 복왕의 개가 되었다. 하지만 그 복수라는 미명을 위해 수많은 이를 죽음으로 내몰았다. 어쩌면 자신도 아비를 죽였던 팔기군의 무장들과 똑같은 죄를 지었는지도 모른다는 생각이 들었다.

분명 자신의 명에 의해 죽음으로 뛰어든 수하들에게도 가족이 있을 것이다.

"후후, 멍청한 짓을 하며 살았군."

곽주한이 마치 모든 것을 깨달아 버린 듯한 허탈한 웃음을 흘리며 자리에서 일어났다.

"나는… 어쩌면 오히려 내 아비를 욕되게 한 것이 아닌가 싶군. 그래, 이곳은… 내가 있을 곳이 아닐지도."

곽주한은 힘없는 목소리로 넋두리를 하며 천막을 빠져나갔다.

"어디로 가시나요?"

천막을 나온 곽주한의 곁에서 나긋한 목소리가 들렸다. 곽주한을 따라왔던 제갈선혜가 기다리고 있었다.

"글쎄요. 정한 곳은 없지만 이곳은 제가 있을 곳이 아니라는 생각이 들었습니다."

"그렇군요."

"제갈 소저에게는 죄송할 따름입니다. 이제 오래전의 내기
는 끝났습니다. 저로 인해 가문을 등지게 되었던 것, 죄송하
게 생각합니다."

"……."

곽주한의 씁쓸한 미소에 제갈선례가 작은 한숨을 내쉬었
다.

"돌아가세요. 이제 제게 남은 것은 아무것도 없습니다."

"글쎄요. 아직 당신을 따르는 오백여 명의 무인이 있지 않
습니까?"

"후후, 글쎄요. 눈치채고 계셨겠지만 저는 그들을 이용한
것에 불과합니다. 한 번도 그들에 대해 연민을 가져본 적이
없습니다."

곽주한이 복왕에게 받은 두 개의 상자가 실린 수레에 말고
삐를 걸며 말했다.

"그럴까요?"

"예?"

"사흑련의 살아남은 이들도 그렇게 생각할까요?"

"……."

"복왕에게 지혜를 팔아 받은 그 돈은 그들을 위한 것이겠
죠?"

"……."

"다시 한 번 해보시죠."

"그게 무슨?'

곽주한은 제갈선혜의 말뜻을 이해할 수가 없었다.

"다시 한 번 사흑련을 일으켜 보세요. 무언가를 위해 이용하는 것이 아니라 진정으로 당신을 뜻을 펼치기 위해서요."

'나의… 뜻…….'

제갈선혜의 말에 곽주한의 얼굴이 무겁게 가라앉았다.

"제가 도울게요."

"예? 하지만 어째서……?"

"그냥요. 한번 해보고 싶어서요. 어차피… 세가로 돌아간다 해도 사흑련과 함께한 저를 받아줄 리는 없겠죠."

"……."

곽주한은 멍하니 제갈선혜를 바라보다 피식 실소를 터뜨렸다.

잠시 후 반란군이 있던 곳에서 말이 끄는 수레에 두 명의 인영이 타고 사라졌다.

그리고 그들은 더 이상 모습을 드러내지 않았다.

3

반란군은 파죽지세로 황도로 진격했다.

복왕이 이끄는 본대는 하남성도인 안양현(安陽縣)을 지나 감단현(邯鄲縣)에 이르렀고, 척승이 이끄는 우익이 산동성을 출발해 덕주(德州)에 이르렀다.

좌익을 맡은 강희찬은 산서성의 끝인 양천현(陽泉縣)에서 관군에게 발목이 잡혔으나 반나절이 지나지 않아 하북으로 가는 길목을 열고 있었다.

"서둘러라! 복왕과 하북의 석가장에서 합류하기로 했다."

강희찬은 좌익의 반란군을 독려하며 걸음을 재촉했다.

어차피 전세가 기운 싸움이나 다름없었다. 팔기군이 없는 지금, 그들을 막아설 병력은 더 이상 황도에 존재하지 않았다.

좌익의 반란군이 막 산서를 벗어나 하북성으로 들어가고 있는데 한 떼의 무리가 선봉을 막아섰다.

"무슨 일인가?"

졸지에 병력이 진군하지 못하는 상황이 되자 짜증이 난 강희찬이 수하에게 물었다.

확인을 위해 말을 내달려 갔던 수하가 돌아와 긴급히 아뢰었다.

"무림인들입니다."

"무림인?"

무림은 이미 복왕의 세력인 귀문에 무너져 내렸다고 하지 않았던가?

"그게 무슨 말인가?"

"모두 일백여 명 정도입니다. 막아선 인물들은 거지들로 보였습니다."

"거지? 지금 나와 장난하는 것인가? 고작 비럭질하는 것들이 막아섰다 하여 진군을 멈추었단 말인가!"

강희찬이 노여움이 가득한 목소리로 호통을 치자 수하가 목을 움츠리며 대답했다.

"단순한 거지들이 아닙니다. 그들이 벌써 선봉을 무너뜨리고 있습니다."

"뭐라고? 이런 무능한 것들 같으니!"

강희찬이 노기를 드러내었다.

"장군."

누군가 강희찬을 나지막하게 불렀다. 자신을 부른 자를 알고 있는 강희찬이 금세 노기를 풀고 저자세가 되어 대답했다.

"아, 노사. 말씀하시오."

"아마도 그들은 개방일 것이외다."

강희찬의 옆에서 백색 수염의 노인과 찢어진 눈을 가진 이가 앞으로 나섰다.

"개방이요?"

강희찬이 되물었지만 등 뒤로 여섯 자가 넘어 보이는 창을 둘러멘 백염의 노인은 대답치 않고 수하에게 물었다.

"혹, 그들 사이에 청죽으로 만든 막대기를 들고 있는 이가 있던가?"

"청죽의 막대기… 예, 있었습니다. 웬 거지 년과 함께 선봉을 제집처럼 헤집어대고 있습니다."

"허허, 그렇구만. 그가 왔다면 뚫기는 어려울 것이지."

백색 수염의 노인이 고개를 끄덕이자 찢어진 눈을 가진 작은 노인이 히죽 웃었다.

"개존이 왔구만. 오랜만인데 인사는 해야겠지?"

"암, 장군. 일단은 우리가 나설 테니 군세를 뒤로 물리시게나."

"예? 두 분께서?"

강희찬은 앞으로 나선 두 명의 노인이 가진 내력을 잘 알고 있었다. 아니, 실제로 보기도 했다. 인간이라고는 상상조차 할 수 없는 무력을 일신에 지닌 신과 같은 존재가 바로 이 두 노인이었다.

복왕을 주군으로 따르는 여덟 명의 그림자 중에 속한 둘의 무력은 가히 공포나 다름없었다.

"그럼 부탁드리겠습니다. 뿔 나팔을 불어라!"

유랑이라도 하듯이 걸어나가는 노인들에게 공손하게 인사를 전한 강희찬이 명령하자 쇠뿔토 만든 피리가 전군에 울려 퍼졌다.

뿌우우우우!

사상자를 내지 않기 위해 타구봉으로 반란군을 두들겨 패다시피 하며 와해시키고 있던 개방의 무인들은 갑작스러운 뿔 나팔 소리에 적들이 물러나자 잠시 숨을 돌리며 진세를 구축했다.

"무슨 일일까요?"

취취가 적생에게 묻는다.

"글쎄… 무슨 꿍꿍이인지… 혹 적들이 조총이나 쇠뇌를 쏠지 모르니 방도들에게 주의를 시켜라."

"예."

적생의 지시에 취취가 칠걸들과 함께 방도들에게 명을 전하려는데 적생이 갑자기 무엇에 놀란 듯이 움찔거렸다.

"방주, 무슨 일이십니까?"

취취가 물었지만 적생은 눈을 부릅뜬 채로 앞쪽으로 손가락질하고 있었다.

"저들이… 어째서……."

적생의 손가락을 따라 시선을 돌린 취취는 사람보다 큰 창을 든 백염의 노인과 눈이 옆으로 길게 찢어진 구부정한 노인을 볼 수가 있었다.

"저들이… 왜요?"

그들에 대해 알지 못했던 취취와 칠걸이 고개를 갸웃거리는 사이 두 노인이 개방도들이 구축한 진세의 십 장여까지 다가왔다.

"허허, 늙어서 죽지도 않고. 오랜만이구만, 개존."

창을 든 백염의 노인이 얼굴에 웃음을 띠며 개방주를 향해 말을 건네었다. 그 목소리에는 마치 무척이나 서로 잘 알고 있는 듯 반가움이 서려 있었다.

"창존!"

"헉!"

"설마 저분이!"

적생의 외침에 개방도들이 술렁거리기 시작했다.

창존 극우천. 그는 한때 창 하나로 무림을 질타했던 십존 중 한 명이었고, 그의 창법은 신의 경지에 이르러 있다고 했다.

"이런, 섭섭한데? 창존은 보이고 나는 보이지 않는 게요, 적 형?"

"운룡장… 천생."

찢어진 눈을 가진 노인은 장법 하나로 십존에 버금가는 위력을 지니고 있다는 운룡장 천생이었다.

두 노인은 과거 무림을 진동시켰을 정도로 그 위명이 대단했다.

"어째서 그대들이……."

"반란을 돕는가 하고 묻고 있는가?"

창존 극우천이 적생을 향해 말했다.

"개인적인 복수를 위해서라네."

"복수라니……."

"청조에 의해 내 아들이 죽었지. 그들의 전쟁에 휩쓸려. 후후, 때마침 복왕이라는 자가 청조를 꺼꾸러뜨린다 하니 그에 협조하기로 했네."

"그런……."

"이런이런, 서두가 길었구만. 어째서 자네가 이끄는 개방이 반란군을 막아서는지는 모르겠으나 그만 비켜서시게나. 자네와 싸우고 싶지 않구만그래. 본대가 석가장 인근에 이르렀다니 나도 그들과 합류해야하지 않겠는가?"

"극우천……."

적생의 미간이 잔뜩 찌푸려졌다.

십존이라 해서 모두가 같은 힘을 가지고 있는 것은 아니었다.

창존 극우천은 도존 사도강과 함께 삼황의 이름에 도전했던 자들 중 가장 강한 인물이었고, 개존이라 불리는 적생과 비교해 한 수 위의 무력을 가지고 있었다.

"다시 말하지. 비키게."

"그럴 수 없네."

"그럴 수 없다라……."

"이미 산동에는 송학 도장이 이끄는 화산이, 하남에는 오가회와 마도지존이 반란군을 막고 있을 것이네."

"흐흠… 그렇구만. 양학명 그자와 송학 그 친구가 무림에 나와 있었다 이 말이지? 그렇다면 조금 더 서둘러야겠구만."

"……."

"오래전에 미처 끝내지 못한 승부를 내야 하니 말일세."

등 뒤에 메어 있던 거대한 창이 창존 극우천의 양손에 잡혔다.

창대가 휘둘러지자 세찬 바람과 함께 엄청난 기운이 그의 창에 둘러졌고, 이내 창대가 원을 그렸다.

"피, 피해랏!"

콰쾅!

창존 극우천의 창대가 바닥을 떠리자 십여 장의 지면이 폭발하듯이 터져 올랐다.

"천지폭!"

무지막지한 공격을 퍼부어댄 창존은 공격을 멈추지 않고 적생을 따라붙으며 창대를 찔러 넣었다.

위기에 직면한 적생이 다급히 청죽봉을 휘둘렀다.

조금씩 흔들리던 청죽봉이 수천 개의 잔상을 만들어내며 창대를 두들겼다.

따다당!

창대와 청죽봉이 어우러지며 사방으로 기파를 튕겨내었다.

"개방의 제자들은 모두 물러나라!"

후려친 창대를 피하며 몸을 빼낸 걱생이 웅혼하게 외치자 개방도들이 썰물처럼 빠져나갔다.

"호오? 제대로 한번 해보자는 셈이지?"

창존은 적생의 무공을 누구보다 잘 알고 있었다.

오래전 조금 더 위명을 알리고자 십존은 너무나도 많은 싸움을 해 왔기 때문에 지금까지도 그의 무공을 잊을 수가 없었던 것이다.

"후후, 한 번 졌던 실력으로? 어디 얼마나 늘었나 봐주마."

창존 극우천의 빈정거림에 적생이 얼굴을 찡그리며 타구봉을 말아 쥐었다.

"흥! 반란군 따위의 개를 잡는 데는 타구봉이 제격이지!"

"와라!"

투앙!

쏘아지듯이 몸을 날린 적생에게서 수십여 개의 초식이 강맹한 기운을 품고 쏟아져 나오기 시작했다.

빠가가강!

둘의 싸움이 시작되자 무인들도 반란군도 넋을 잃었다.

"아이야, 우리도 시작해야 되지 않겠느냐?"

운룡장 천생이 자신을 향해 히죽거리자 취취가 쓴 감을 씹은 듯이 떫은 표정으로 되받아쳤다.

"다 늙은 노인네가 뭘 주워 먹을 게 있다고… 쯧쯧, 덤벼!"

"호오? 늙은 거지의 제자라 입이 거칠구나! 그 입만큼이나 실력이 되는지 보아주마!"

창존과 적생의 싸움을 지켜보던 천생이 취취를 향해 장력을 쏟아부었다. 그에 뒤질세라 취추도 개방이 자랑하는 취팔선보를 밟아가며 천생을 맞아 싸우기 시작했다.

콰쾅! 펑!

순식간에 수십여 초를 교환하며 싸움을 시작한 적생과 취취는 시간이 지나면서 조금씩 창존과 천생에게 밀려나기 시작했다.

애초부터 상대가 되지 않던 싸움이라는 것은 적생과 취취가 더욱 잘 알고 있었다.

같은 십존의 반열에 올라 있지만 창존은 적생보다 종이 한 장 이상의 실력이 앞서 있었고, 십존에 버금가는 천생을 취취가 이길 수는 없는 일이었다.

팡!

휘둘러진 창대에 적생이 가슴에 기다란 상처를 입고 튕겨나와 울컥하며 핏물을 토해내었다.

"방주!"

취개가 다급한 음성으로 불렀지단 이미 창존이 허공에 솟구쳤다가 적생의 머리 위에서 창을 내질러 오고 있었다.

"극의! 와류선창!"

"큭!"

적생은 다급히 몸을 빼려 했으나 가슴의 상처로 잠시 멈칫거렸고, 그 짧은 순간으로 인해 창극을 피할 수가 없었다.

"멈추시게!"

깡!

절체절명의 순간 창존은 자신을 향해 다가오는 엄청난 기운에 급히 창대를 틀어막았다.

"큭!"

창대를 때린 무시무시한 경력에 적생을 공격하던 창존이 튕겨 나가 바닥을 뒹굴었다.

"창존!"

천생이 깜짝 놀라 취취를 막대한 힘으로 밀어버리고 창존을 향해 다가갔다.

"크윽… 어떤 놈이!"

창존이 화가 난 얼굴로 창대를 부여잡고 일어나 자신과 적생의 싸움을 방해한 이를 찾기 위해 눈을 희번덕였다.

"허, 반가운 얼굴들이 다 모였구만. 늙은 거지에, 창존에, 천생이까지. 거참."

느긋한 목소리가 울리자 모두의 시선이 집중되었다.

창존을 튕겨내며 나타난 이는 백의를 입은 노인 둘과 개방의 이름없는 백의개였다.

"늙은 거지꼴이 아주 좋구만그래?"

적생을 향해 다가와 맥을 짚는 노인은 얼마 전 운남을 떠나온 담심허였다. 하지만 적생의 시선은 담심허가 아니라 또 다른 백의노인을 향해 있었다.

"자네가?"

"오랜만이구만."

백의노인이 환한 미소를 띠자 적생의 눈가에 습막이 차올랐다.

"서, 설마… 당신은?"

창존에게 다가갔던 천생이 믿을 수 없다는 표정으로 백의노인을 쳐다보았다.

"천생 자네도 오랜만일세."

"처, 천지무황."

백의노인은 바로 제자를 찾기 위해 개방 걸개의 안내를 받고 온 장영이었다.

"어떤가. 대충 그만두고 물러나 주게."

"닥쳐라!"

장영의 말에 창존이 핏발을 세우며 외쳤다.

"쯧, 무림을 떠난 줄 알았더니… 듣자 하니 반란군의 편에 섰다 하던데 어찌 세상을 등지지 않고 무림에 다시 나온 겐가?"

장영이 창존을 향해 혀를 찼다.

"네놈이 상관할 일이 아니다!"

"허허, 그 사람 참 안타깝게 되었네. 이미 나의 제자가 관여한 이상 나도 어쩔 수가 없어서 말이야."

"뭐라고?"

창존이 깜짝 놀랐다.

천지무황이 제자를 길렀다는 소식이며 그의 제자가 무림에 있었다는 사실은 금시초문이었다.

"그만하고 비켜서게."

"그럴… 순 없다."

장영의 말에 창존이 미간을 좁히며 창대를 말아 쥐었다.

"허, 그냥 비켜나면 좋았을 것을……. 심허, 잠시 비켜나게."

"그러지."

장영의 말에 담심허가 부상당한 적생을 부축해 물러났다.

"물러나지 않겠다면… 물러나게 하는 수밖에."

담심허가 물러나는 것을 확인한 장영의 얼굴에 미소가 사라지고 무시무시한 경력이 피어올랐다.

그리고 그가 지면을 향해 가볍게 일보를 내디뎠다.

콰앙!

"크윽!"

폭발음과 함께 피어오른 먼지를 뚫고 두 명의 노인이 뒤로 물러났다.

검을 든 노인과 채찍을 들고 있는 노인이 얼굴을 찡그리며 시큰거리는 손목을 매만졌다.

그들의 매서운 시선이 향한 곳에는 오래된 송문고검을 늘 어뜨리고 선 도사 차림의 노인 송학 도장이 있었다.

"제길… 어째서 당신이 무림에 관여하는 것인가?"

검을 든 노인이 송학 도장을 향해 외쳤다.

"마찬가지라네. 어찌 전대의 무림인이라 불린 검제와 늘 잡아먹지 못해 안달이던 흑사편월이 반군에서 함께 움직이는 건가?"

나지막한 송학 도장의 말에는 위엄이 서려 있었다.

산동성에서 반란군을 막아서기 위해 화산의 무인 사십이 나섰다.

비록 수는 작았으나 삼황의 한 명인 송학 도장과 그 제자인 미추홀은 충분히 그 수적 열세를 딛고 역할을 수행하고 있었다.

한데 화산파의 검객들이 반란군의 앞을 가로막자 전대의 무인이라 불렸던 검제와 흑사편월이 나타나 화산파를 공격했다.

송학 도장을 알아본 둘은 협공을 했지만 송학 도장의 매화 검을 넘지 못해 번번이 뒤로 물러나야 했다.

"비키시오, 송학! 당신이 관여할 일이 아니요!"

"무슨 소리. 자네들을 본 이상 더욱 막아야지."

"……"

송학 도장이 꾸짖듯이 말하자 검제와 흑사편월은 아무 말도 하지 못하고 이를 갈았다.

"홀아."

"예, 스승님."

"저들은 전대의 고수들이다. 이 사부와 부딪쳐도 전혀 손색이 없는 인물이지."

"알고 있습니다."

"해보겠느냐?"

"맡겨주신다면야……."

미추홀이 검을 꺼내 움켜쥐었다.

"좋다. 그렇다면 검제를 맡아라. 나는 흑사편월을 맡도록 하마."

"알겠습니다."

미추홀의 검이 날아올랐다.

하늘에 수많은 매화를 만들어내며 검제의 온몸을 공격했다.

"감히! 머리에 피도 안 마른 놈이!"

검제는 송학 도장이 아니라 젊은 검객이 자신을 공격하자 분기탱천해 검을 휘둘러 갔다.

쩌정!

기와 기가 충돌하며 거대한 음파가 사방으로 퍼져 나갔다.

4

산동과 산서의 반란군이 개방에 막혀 있을 무렵,

석가장에서 마도지존과 오가회의 무인이 복왕이 이끄는 반란군의 본대를 기다리고 있었다.

쿠앙!

석벽이 터져 나가며 관인들이 사방으로 튀어나갔다.

"……."

관문을 공격한 것은 혈광을 내뿜으며 나타난 한 명의 무인이었다.

그는 닥치는 대로 부수어대며 한 걸음씩 전진하고 있었다. 관인들이 창검을 들어 막았지만 단지 일수에 핏물로 화해 버렸다.

"저, 저자는……."

오가회의 무인들과 함께하고 있던 모용찬이 조금씩 가까워지고 있는 무인을 알아보고는 깜짝 놀라고 만다.

"아는 녀석이더냐?"

곁에 있던 모용관천이 물었다.

"저자가 바로 귀왕 주량입니다."

"뭣!"

모용찬의 말에 모용관천이 깜짝 놀라 닥치는 대로 학살하고 있는 주량을 쳐다보았다.

"저 살귀가 귀왕이란 말이냐?"

"예. 한데 이상하군요. 냉철하고 차가운 인물이었는데 지금은 마치 야성을 드러낸 짐승과도 같은 모습이군요."

"그렇구나. 실로 대단한 자다. 살기를 유형화시켜 저토록 외부로 표출하는 것을 보면."

모용관천의 말은 진심이었다.

아무리 공력이 대단하다고 해도 어찌 인간이 저런 기운을 가지고 있단 말인가?

"어쨌든 저자를 그냥 두었다가는 수많은 이들이 죽겠습니다. 마치 앞만 보고 달려가는 듯하니… 일단 제가 저자를 막겠습니다."

"오냐. 그리하여라."

주량의 무력이 괴물에 가까울 정도였으나 모용관천은 아들이 나서는 것을 막지 않았다.

모용찬은 성벽을 뛰어내리자마자 주량을 향해 달렸다.

"멈추시오!"

모용찬이 주량의 앞을 막아서며 나서자 모두의 시선이 집중되었다.

하지만 분노한 주량이 모용찬의 말을 들어줄 리 만무했다.

"귀왕, 아니, 주 공자. 나는 일전에 무명공자와 함께 있던 모용찬이라는 사람이오. 알아보시겠소?"

"……."

"멈추어주시오. 무슨 연유인지 모르나 부디……."

모용찬의 말이 끝나기도 전에 주량이 살기를 흘리며 말했다.

"비켜라. 막아서면 죽이겠다."

"주 공자!"

모용찬이 재차 불렀지만 돌아온 것은 주량의 검붉은 기운을 머금은 일장이었다.

쿠앙!

재빨리 몸을 피한 모용찬의 뒤토 바닥이 한 치나 되는 깊이로 삼 장이나 쓸려 나가 버렸다.

"방금 전은 경고다. 비키지 않으면 죽인다."

주량은 모용찬의 말을 들을 생각도 하지 않고 천천히 걸음을 걸어왔다.

'이런……'

어째서인지 모르지만 주량은 자신의 말을 들을 생각이 전혀 없어 보였다.

분명 무명은 귀문과 반란군은 관계가 없다 했는데 어째서 주량이 반란군의 진로를 앞서 와 곤문을 공격한단 말인가?

모용찬의 생각이 깊어지기 전에 주량이 무지막지한 공격을 퍼부어오고 있었다.

'이런 제길!'

생각에 빠져 있는 모용찬이 급히 몸을 뒤로 물리며 자신을 따라 뻗어오는 검붉은 기운을 향해 검을 내려쳤다.

"하성격뢰!"

유연하게 뻗어 올린 검기가 주량이 뻗어낸 기운을 향해 쏟아지듯이 뻗어나갔다.

쩡!

검기가 부서져 나가며 기의 파편이 사방으로 튀어나갔지만 모용찬은 다급히 몸을 빼며 재차 검을 휘둘렀다.

모용찬이 수십여 개의 검기를 전면으로 쏘아내었다.

콰콰콰쾅!

거대한 폭발음과 함께 주량의 기운을 끊어낸 모용찬은 한참을 물러나 호흡을 바로잡았다.

'대, 대단하군.'

모용찬은 놀랄 수밖에 없었다.

주량이 뻗어낸 기운을 막아내기는 했으나 힘의 차이가 여실하게 드러난 것이다. 검을 잡은 손아귀가 찢겨 나가는 것만 같았다.

"죽인다!"

"헉!"

모용찬이 잠시 호흡을 고르는 사이에 마치 사라졌다 나타난 것처럼 주량이 그의 전면에 나타나며 살광을 토해내었다.

내질러진 주먹에 검면을 후려치며 막아낸 모용찬의 몸이 십여 장을 날아 바닥에 떨어졌다.

"큭!"

무릎을 꿇고 한 줌이나 되는 피를 게워낸 모용찬이 주량의
신형을 찾았다.

주량은 어느새 하늘로 솟구쳐 올라 모용찬을 향해 내뻗은
발을 찍어 눌렀다.

"이런!"

절체절명의 순간 모용찬은 피할 엄두를 내지 못하고 검을
들어 올려 기운을 끌어올렸다.

상대가 되지 않을 것을 알았지만 지금으로써는 최선이라
생각했기 때문이다.

퍼엉!

하나 주량은 모용찬을 공격하기도 전에 또 다른 힘에 격중
당해 뒤로 밀려났다. 모용찬을 도운 이는 바로 오가희와 함께
이동해 온 마도지존 양학명이었다.

"오랜만이구나."

양학명이 그의 일장을 맞고 튕겨 나간 주량을 바라보며 말
했다.

하지만 주량은 양학명의 공격에 아무런 피해도 입지 않은
듯이 살기를 드러내며 쏘아보고 있었다.

"제법이구나. 많이 늘었다. 괜찮으냐?"

양학명은 모용찬을 향해 고개를 돌리고는 그의 안위를 물
었다.

"괘, 괜찮습니다."

"물러나 있어라. 아직 너의 힘으로 저 아이를 막을 수는 없을 듯하구나. 일단은 내가 맡아주마."

"아닙니다. 할 수 있습니다."

모용찬이 오기를 부렸다.

"괜한 오기 부리지 마라. 이미 반란군이 도착해 시간이 없다."

"……."

양학명의 말에 모용찬이 고개를 돌렸다.

멀리 석가장으로 이르는 관도에 먼지구름이 일어나고 있었다.

"가서 네 아비와 함께 반란군을 막아내라. 이놈은 내가 맡아야겠다."

"크윽, 알겠습니다."

양학명의 말에 모용찬은 더는 고집을 피우지 못하고 석가장의 성벽으로 올라갔다.

"지금 무엇 하는 짓인가?"

모용찬이 빠지자 양학명이 굳은 얼굴로 주량을 쳐다보았다.

"비… 키십시오."

평소 양학명을 존경해 온 주량이 낮은 목소리로 양학명에게 경고했다.

"그럴 수 없네."

"양 노사가 끼어드실 일이 아닙니다."

주량은 광망을 토해내며 양학명을 향해 걸음을 옮겼다. 그 모습에 양학명이 얼굴을 찡그렸다. 양학명이 보기에 주량은 제정신이 아니었다.

"놈! 나와 싸웠을 때만 해도 뛰어나 보였거늘! 고작 감정에 치우쳐 이성을 잃었단 말이냐!"

"비켜……."

주량은 똑같은 말만을 반복하며 양학명을 향해 한 걸음씩 옮기고 있었다.

"놈!"

화가 난 양학명이 주량을 향해 일장을 후려쳤다.

퍼엉!

양학명의 웅혼한 내기가 실린 일장을 얻어맞은 주량이 뒤로 한참이나 나가떨어졌다.

"정신 차리지 못할까!"

양학명은 어떻게든 주량의 정신을 차리게 하려 애를 썼다.

하지만 몸을 일으킨 주량의 눈이 흑요석처럼 검게 번들거리더니 짐승과도 같은 울부짖음을 내뱉었다.

"우우우우!"

이미 분노로 이성을 잃어가고 있던 주량은 양학명에게 자꾸만 막히자 몸속에 내재된 황염수의 기운을 완전히 풀어버렸다.

급속도로 온몸을 채워 나가던 황염수의 기운이 살기와 반응해 서서히 마기로 뒤바뀌어 주량의 골수로 파고들었다.

"크윽… 이놈이……."

주량의 울부짖음에는 엄청난 내력이 실려 있었고, 미처 방비하지 못했던 양학명조차도 귀를 틀어막으며 비틀거렸다.

"짐승이 되었구나!"

양학명이 가까스로 내기로 귀를 보호하며 몸을 일으켜 세웠을 때는 이미 주량의 신형이 섬전처럼 쏘아져 들어오고 있었다.

쿠아앙!

기를 모아 뿜어낸 양학명의 쌍장이 주량의 신형과 허공에서 부딪치며 엄청난 폭발을 일으켰고, 폭발의 여파로 대지가 진동하듯이 흔들렸다.

콰쾅! 쾅!

양학명과 주량의 싸움은 마치 천둥 번개가 치는 듯한 착각이 일 정도로 엄청난 소음을 만들어내었다.

터져 나간 기의 편린이 석벽을 가루로 만들고 그들의 싸움이 일어나는 모든 곳의 대지를 파이게 했다.

"크윽!"

수십 차례의 공방이 지나고 양학명이 신음성을 흘리며 뒷걸음질 쳤고, 주량은 아무렇지도 않은 모습으로 서 있었다.

'어찌 이런 일이……. 무섭도록 성장했구나.'

양학명은 주량의 일격에 허리를 내어주며 튕겨 나갔다.

승패가 결정 난 것이다.

주량이 살기를 내뿜으며 쓰러진 양학명을 쏘아보다 얼굴을 찡그렸다.

"쿨럭!"

어찌 된 일인지 갑자기 주량이 울혈을 토해내었다.

그의 앞섶이 핏물에 축축하게 젖어들었다.

"네놈?"

갑작스러운 상황에 양학명이 주량을 쳐다보았다.

하지만 주량은 마치 아무 일도 없었다는 것처럼 신형을 세우고 다시금 살기를 뿜어내었다.

"모조리… 죽인다!"

하늘을 향해 분노의 일갈을 내뱉은 주량이 땅을 박차고 섬전처럼 쏘아져 나갔다.

그를 막아섰던 오가회의 무인 수십이 비명조차 지르지 못하고 목숨을 잃었다.

하지만 주량은 재차 공격을 하지 않고 오가회를 지나쳐 사라졌다.

"이, 이게 무슨……."

모용관천은 갑작스러운 상황에 머릿속이 정리되지 않는지 주량이 사라진 방향을 지켜보았다.

"모두 정신들 차려라!"

주량의 극강한 모습에 얼이 빠진 오가회 무인들을 본 양학명이 대갈일성을 터뜨렸다.

"지금은 반란군을 막는 것이 무엇보다 중요함을 잊었는가!"

그제야 모용관천을 비롯한 오가회의 무인들이 다가오는 반란군을 향해 진을 구축했다.

"일단은 저들을 막는 것이 중요하다. 단, 절대 사상자를 내어서는 안 된다."

정신을 차린 모용관천이 오가회의 무인들을 독려했다.

"모용 가주!"

"예, 양 교주."

"일단 이곳을 맡아주게. 나는 저자를 따라가 봐야겠네."

"음, 알겠습니다."

"그럼 부탁하네."

양학명이 주량이 사라진 방향을 향해 몸을 날렸고, 오가회는 다가오는 반란군을 막아갔다.

第九章
반란군 토벌

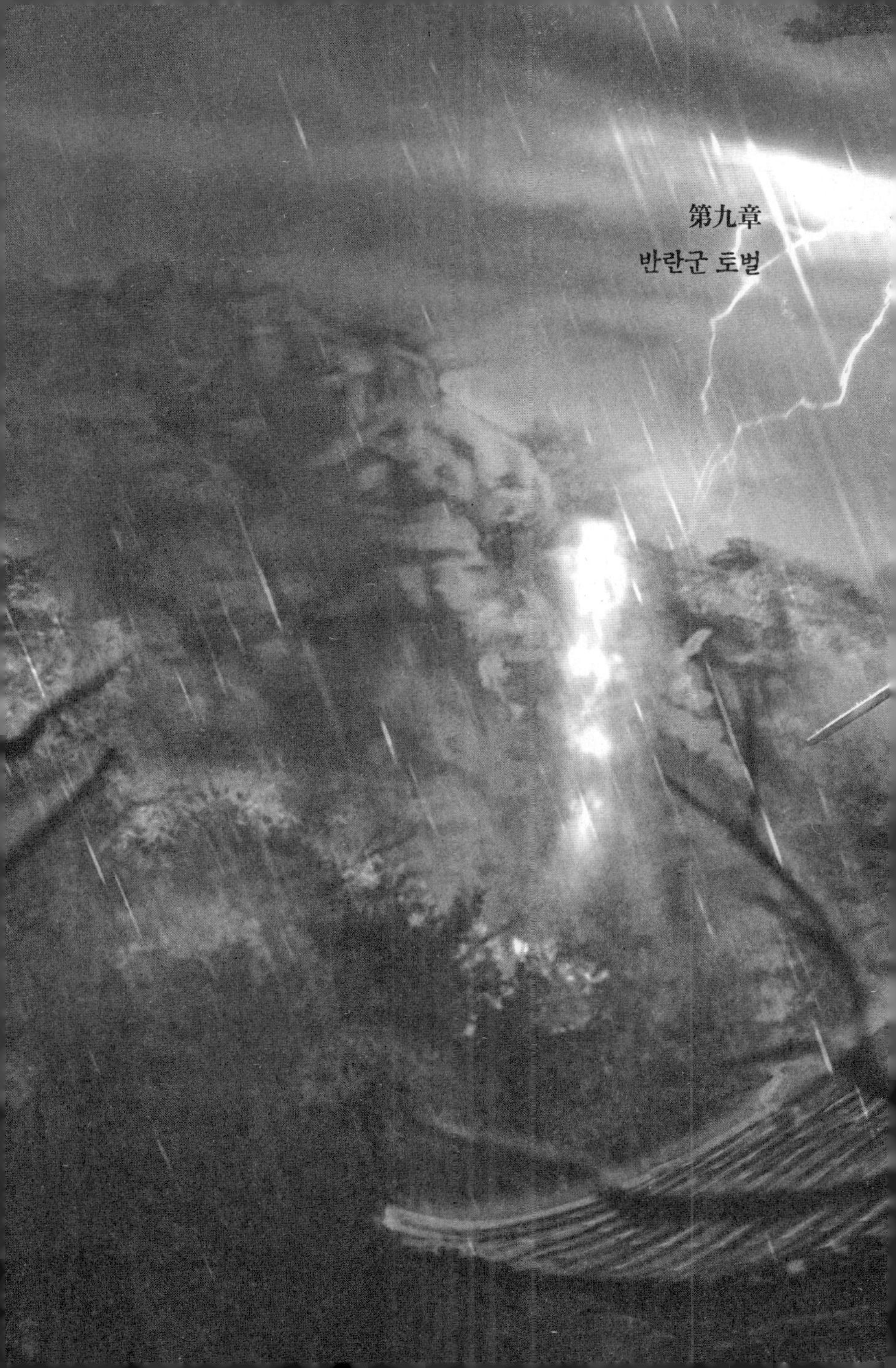

무림군자

태화전 안은 난리가 났다.

황후의 죽음으로 태화전 안에 모여 있던 대신들은 밖에서 들려온 소리에 불안감을 감추지 못하고 있었다.

팔기군이 전부 출진한 이때 갑자기 반란군으로 인해 황도가 웅성거렸다.

어림군이 공성을 준비하고 있었으나 고작 삼천이 되지 않는 숫자였다.

"폐하, 서둘러 천도를 하셔야 합니다. 일단 외곽의 토벌군이 당도할 때까지는 어찌 되었든 살아 계셔야 합니다."

"그렇습니다. 잘못하다가는 황도의 안위가 위험합니다."

대신들이 하나같이 목소리를 높여 천도를 주장했다.

"닥쳐라! 지금 반란군 따위에 꼬리를 말고 도망치자는 말인가!"

"폐하!"

"닥치라 하지 않는가!"

황제가 화가 난 얼굴로 대신들을 노려보자 대신들이 목을 움츠렸다.

대신들의 말대로 위급한 상황임에는 틀림이 없었다.

보고에 따르면 반란군의 수는 삼만에 달한다고 했으니 아무리 공성을 한다 해도 삼천이라는 병력으로는 어림없는 열세였다.

황제 역시 어찌할지 갈피를 잡지 못하고 있었다.

"폐하, 서둘러 천도를 하십시오."

"옳은 말입니다. 서두르셔야 합니다."

"폐하!"

대신들은 한목소리가 되어 황제의 귀를 어지럽게 했다.

황제는 굳은 얼굴로 눈을 지그시 감은 채 생각에 잠겼다. 꼬리를 말고 반란군을 피해 도망치듯 황도를 빠져나가는 것은 본인의 성격에 맞지 않았기 때문이다.

"폐하!"

대신들과 황제가 고심에 빠져 있을 때 대전 안을 헤치며 한 떼의 여인이 걸어 들어왔다.

"화, 황후!"

걸어 들어온 이들의 선두에는 황후가 있었다.

"어찌……."

황제를 비롯한 대신들은 죽었다 생각했던 황후가 나타나자 할 말을 잃고 어리둥절한 표정을 지었다.

"죄송합니다, 폐하. 부득이하게 폐하의 심기를 어지럽혀 드렸습니다."

"……."

"이 모두가 반란군의 뿌리를 찾아내기 위함임을 알아주셨으면 합니다."

황제가 얼빠진 표정으로 무릎을 꿇고 죄를 청하는 황후를 쳐다보았다.

"이게 어찌 된 일이요?"

"소첩은 반란군이 암약하고 있다는 사실을 인지하고 그들을 이끌어내기 위해 거짓 죽음을 만들었습니다. 그리고 팔기군이 황도를 떠난 뒤 그들이 수면 위로 드러날 때까지 기다렸습니다."

"……."

"하나 걱정하지 마옵소서. 지금 반란군은 무림인들이 막고 있습니다."

"무림인들이?"

"예. 폐하께서는 기억하실 것입니다. 아버님의 죽음에 대한 제대로 된 배후를 찾아주겠다 했던 무인이 있었지요."

황후의 말에 황제가 고개를 끄덕였다.

"양 노사와 함께 왔던?"

"예. 무명이라는 자입니다."

"음."

"그가 아버님의 죽음뿐 아니라 이번 반란군 주동자의 음모를 알아내고 제게 전해 왔습니다."

"그런……."

황후가 황제를 바라보다 대신들을 향해 시선을 돌렸다.

"그는 군부, 내각에 이르기까지 많은 이들이 반란군의 수장과 관련이 있다 했지요."

황후의 눈길을 받은 대신들 중 일부가 움찔거리며 시선을 피했다.

"폐하를 기만하고 나라를 어지럽힌 더러운 자들 같으니……."

그녀의 말에 황제의 눈이 찌푸려졌다.

대신들 중 몇몇이 갑자기 당황한 표정으로 대전을 빠져나가려는 움직임을 보였기 때문이다.

"단야!"

"예, 황후 마마!"

"반란군과 관련된 대신들을 모조리 참수하라!"

"존명!"

황후의 말에 북궁단야와 그녀의 수하들이 일제히 검을 뽑아 들었다.

"도, 도망쳐라!"

"피해!"

대전 안이 술렁거리며 일부 대신들의 움직임이 급해졌다. 벌써 대전 문 쪽으로 달리는 이들까지 생겨났다.

하나 문신에 불과한 이들이 북궁단야의 검을 피해갈 수는 없었다.

"끄아악!"

"컥!"

북궁단야와 여류 무장들의 검에 대전 안은 순식간에 피바다로 변했다.

스걱!

문을 밀어제치던 대신을 마지막으로 북궁단야가 검을 집어넣었다.

황제는 몇몇을 제외하고 시신이 되어버린 대전 안의 모습에 망연자실한 표정을 지었다.

"저들 모두가… 반란군에 가담했단 말인가."

믿을 수 없는 사실이었다.

내각학사에서 내시부 시중에 이르기까지 다양한 직함의 대신들이 목숨을 잃고 쓰러진 것이다.

"이럴 수가……!"

황제가 의자에 털썩 주저앉자 황후가 조심스럽게 단을 올라 다가갔다.

"끝났습니다, 폐하. 역도의 무리는 안팎으로 모조리 추살되었습니다. 무림인들이 석가장에서 반란군을 막고 있습니다. 또한 조만간 각 성의 토벌군이 도착할 것이니 그들은 모두 진압될 것입니다."

"⋯⋯."

황후의 말에 황제는 잠시간 말을 이어가지 못했다.

"후우, 그는 어디에 있소?"

시간이 지나면서 마음을 안정시킨 황제가 무명의 행적을 물어왔다.

"그는 지금 북문으로 향했습니다."

"북문⋯⋯."

"손님이 찾아왔다고 하더군요."

황후의 말에 허탈해진 표정의 황제가 자리에서 일어났다.

"나가봅시다."

"예, 폐하."

＊   ＊   ＊

거대한 성벽의 한쪽 면이 무너져 내렸다.

백 년 이상을 굳건하게 버텨온 성곽이지만 무너져 내리는 것은 한순간이었다.

찌그러진 투구 아래 흐르는 핏물을 닦아내지도 못한 무장들은 망연자실한 표정으로 고개를 돌린 채 무너져 내리는 성곽을 바라보았다.

"성이… 황도가……."

전장을 헤매며 전투 중에 한 번도 놓지 않았던 그들의 검은 이미 그 손을 떠난 지 오래였고, 굳건하게 버텨온 그의 무릎은 지면에 꿇려졌다.

성도를 지키던 어림군의 무장들은 괴물 같은 사내의 움직임을 막을 수가 없었다.

보검에 중갑을 차고 있었지만 그의 한 수조차 받아내지 못했다.

야수의 발톱과도 같은 그의 손아귀 앞에 갑주는 아무런 힘도 쓰지 못하고 뜯겨 나갔고, 주먹에 투구와 함께 머리가 터져 나갔다.

단 한 명, 고작 단 한 명의 무인이 가진 힘은 실로 엄청난 것이었다.

귀왕 주량은 아무렇지도 않게 손에 쥔 소도를 들어 올렸다.

슈가각!

거친 쇳소리와 함께 매몰차게 그어진 소도가 북위장의 어깨로부터 허리까지 길게 베어버렸다.

"크으윽……."

피투성이가 되어버린 얼굴로 성곽을 바라보던 북위장은 과거의 영광을 회고하지도 못한 채 전장의 이슬이 되어 쓰러졌다.

육중한 북위장의 몸이 마치 시간이 멈춘 것처럼 천천히 쓰러지자 무장들이 일제히 움직임을 멈추고 시선을 모았다.

"자, 장군!"

"북위장!"

어림군의 무장들이 피를 토하듯이 외쳤지만 북위장의 귀에 그들의 울음소리와도 같은 외침은 더 이상 전해지지 않았다.

그그그긍.

반란군을 막기 위해 닫아두었던 북문이 요란한 소음을 만들며 천천히 열렸다.

무려 한 자나 되는 두께의 성문이 열리고 성내가 드러나자 성 밖에서 주량을 막아섰던 어림군의 무장들과 주량의 고개가 돌아갔다.

열려진 성문으로 백의를 날리며 한 사람의 인영이 걸어나왔다.

사뿐하게 걸어오는 그의 모습은 마치 지금의 상황을 신경 쓰지 않는 듯한 모습이었다.

백의 무복을 펄럭이며 격전의 중심으로 걸어오는 이는 무명이었다.

그의 얼굴을 확인한 귀왕이 굳어진 얼굴로 노려보았다.

"크르르르!"

혈인이 되어버린 주량은 짐승과도 같이 으르렁거리며 무명을 경계할 뿐 쉽사리 다가서지 않았다.

"으음."

무명 역시 완전히 다른 사람이 되어버린 주량의 모습에 침음성을 흘렸다.

주량은 일전에 만났던 모습과는 완전히 다른 얼굴과 기도를 뿜어내고 있었다.

칙칙하리만큼 깊은 어둠과 소름이 돋아 오를 정도로 강렬한 기운이 그의 주변의 대기를 가득 채우고 있었다.

"주 공자."

무명이 나지막하게 그의 이름을 부르자 경계하는 눈빛으로 배회하던 주량이 움직이기 시작했다.

팟!

지면을 박참과 동시에 주량의 몸은 이미 무명의 앞에 도달해 있었고, 검붉은 기운으로 둘러싸인 주먹을 휘둘러 옆구리를 후려치고 있었다.

섬전과도 같은 그의 움직임에 눈을 찡그린 무명이 허리를 뒤로 제쳐 주량의 주먹을 피하고 그의 가슴을 향해 손을 뻗었다.

퍼엉!

무명의 손이 가슴에 닿는 순간 주량의 몸이 서너 장이나 튕겨 나가 버렸다.

"정신 차리시오, 주 공자!"

"크아앙!"

이성을 잃어버린 주량은 하늘을 향해 포효하며 무명을 향해 짓쳐들어왔다.

쾅!

"제길!"

정신을 잃어버린 주량이 무명의 말을 들을 리 없었다.

주량의 공격을 피하며 물러난 무명은 빠르게 생각을 정리했다.

어째서 그가 인사불성이 된 것일까?

이성을 잃어버린 주량의 공격은 지극히 단순하고 직선적이었다.

뻗어오는 주먹에 실린 경기가 부딪치는 모든 것을 부서뜨릴 정도로 강력했지만 그의 공격이 닿기도 전에 미리 피해 버리는 무명에게는 아무런 피해도 입히지 못했다.

'어떻게든 일단 주 공자가 정신을 차리도록 해야 돼!'

무명이 주량의 공격을 피해 재차 몸을 날리며 생각했다.

일향의 죽음 이후 주량은 점차 이성을 잃어가고 있었다. 분노에 휩싸이면 휩싸일수록 몸 안을 가득 채운 황염수의 기운이 주량의 이성을 갉아먹어 야수의 본능만을 남겨놓은 상태였다.

'일단······.'

피하는 무명을 뒤따르며 막대한 강기를 퍼부어대는 주량을 향해 무명이 순간 방향을 바꾸었다.

빗발치는 강기를 피해 주량의 정면을 향해 몸을 날렸다.

슈가각!

'여덟 걸음!'

무명이 계산한 주량과의 거리였다.

'여덟 걸음이면 된다.'

무명의 움직임이 춤을 추듯이 너울거리며 양손으로 부드럽게 강기를 감싸 쥐며 방향을 바꾸어놓았다.

콰쾅!

방향이 바뀐 강기 다발이 지면과 부딪치고 건물과 부딪쳐 귀가 찢어질 정도의 폭발음을 만들어내었다.

일곱 번째 걸음이 내디뎌졌을 때 무명은 손을 뻗으면 주량을 공격할 수 있는 위치까지 접근했다.

"크아앙!"

무명으로부터 위협받았다 생각했을까?

별안간 주량이 짓쳐들어오던 걸음을 멈추고 뒤로 물러나는가 싶더니 양손에 검붉은 기운을 가득 모아 무명을 향해 뿌려내었다.

"젠장!"

노리고 있었던 바를 들켜 버린 무명이 재빨리 지면을 밟아 주량의 쌍장 범위에서 벗어났다.

쩌어엉!

주량이 뿜어낸 기운이 대지와 충돌하며 지진과도 같은 진동을 만들어내었다. 너울지듯이 생겨난 진동은 성벽을 때렸고, 성벽이 휘청거릴 정도로 흔들렸다.

주량의 기운에서 몸을 피한 무명이 재빨리 주량의 위치를 찾으며 좌우로 시선을 돌렸다.

한데 엄청난 위력의 쌍장을 뿌려내고는 움직이지 않았다.

"쿨럭!"

금방이라도 공격해 올 줄 알았던 주량이 갑자기 핏물을 울컥 토해내며 한쪽 무릎을 바닥에 꿇었다.

"주 공자."

그를 바라보는 무명이 의아한 표정으로 주량을 향해 천천히 걸었다.

"크르르… 쿨럭!"

조금씩 접근해 오는 무명을 경계하듯이 으르렁거리던 주량이 또다시 핏물을 토해내었다.

그때 주량을 따라왔던 마도지존 양학명이 무명의 곁에 내려섰다.

"무명!"

"아, 양 교주님."

"괜찮으냐?"

"예, 괜찮습니다. 한데 어찌⋯⋯?"

석가장의 반란군을 어찌하고 왔냐는 물음이었다.

"걱정 마라. 모용찬 그 녀석과 으가회 녀석들이 잘 알아서 할 게다."

"음."

"한데 저놈⋯⋯."

양학명이 핏물을 게워내며 고통스러워하고 있는 주량을 보고 미간을 찌푸렸다.

"글쎄요. 그에게 무슨 일이⋯⋯."

"나도 모르겠다. 하지만 분명 심마에 빠진 모습이다. 무언가 정신적으로 큰 충격을 받은 게야. 그렇지 않고는 저놈이 저리 변할 순 없겠지."

"일단은 주 공자의 상세를 먼저 돌봐야 합니다."

"상세라고?"

"예."

"말도 안 되는 소리 하지 마라. 저놈의 분위기를 봐라. 한 마리 야수와도 같이 변해 버린 놈의 상처를 돌보아주다니, 말도 안 되는 소리지. 일단 정신을 차리게 해야겠다."

"하지만⋯⋯."

양학명의 말에 반문하려 했지만 무명 역시도 딱히 방법이 없는지라 어찌해야 할지 결정을 내리지 못하고 있었다.

"일단은 녀석을 유인해서 다른 곳으로 가자. 이러다가는 성도가 쑥대밭이 되겠구나."

양학명이 북문의 주변을 바라보며 혀를 찼다.

"하지만 어째서인지 그는 황성을 향해서만 공격을 하고 있었습니다. 저희 쪽으로 돌아설지……."

"그야 지금부터 해봐야지. 서두르자꾸나. 저 녀석의 눈이 또 깨어나는구나."

"알겠습니다."

무명과 양학명이 주량을 유인해 성도 밖으로 빼내는 사이 반란군과 그들을 막아선 무인들과의 싸움도 막바지로 치닫고 있었다.

"제기랄!"

복왕이 분통을 터뜨리며 욕설을 내뱉었다.

생각지도 않았던 곳에서 자신의 계획이 틀어진 것이다.

모든 것이 자신의 의도대로 흘러왔고, 계획대로 되어가고 있었다. 혹시나 모를 변수를 대비해 과거 십존이라 불리었던 무인 넷을 포섭해 수하로 끌어들였다.

한데 삼황이 끼어든 것이다.

이미 십존 중 둘이 목숨을 잃었고, 산동과 산서에서 일어난 반란군은 진격해 오지도 못한 채로 뿔뿔이 흩어졌다.

복왕 자신이 이끌고 있는 본대 역시 석가장에는 진입도 하지 못하고 있었다.

오가회의 무인들이 자신을 막아내고 있었다.

분명 그들은 사흑련과의 싸움에서 지리멸렬한 것으로 알고 있는데 어디서 이렇게 많은 무인이 남아 있었단 말인가?

반란군은 조총과 화탄을 가지고 있었지만 평지에서 무림인들과의 싸움에는 무용했다.

오랫동안 훈련을 해온 반란군이었지만 무림의 고수들에게는 버텨내지 못했다. 특히나 오가회의 선두에서 싸우고 있는 젊은 고수는 전장의 사방을 누비며 반란군을 무력화시키고 있었다.

"주군, 이대로는 어렵습니다! 이미 선봉은 무너졌고, 좌익도 위험합니다!"

복왕의 시비인 백이 지친 표정으로 말했다.

복왕의 주위에서 그를 보호하던 백을 비롯한 팔비도 전세가 밀리자 싸움에 가담해 막강한 무력을 선보였다. 그들의 참여로 오가회의 무인들이 대거 쓰러지며 밀려난 듯했으나 그것도 잠시, 백색 도포에 매화를 수놓은 화산의 무인들이 대거 등장하여 다시금 전세가 뒤집혔다.

팔비들은 뛰어난 무인이었지만 송학 도장의 어검술을 막

지 못하고 목숨을 잃었다. 살아남은 것은 팔비 중 복왕의 곁을 지키고 있던 백뿐이었다.

송학 도장과 화산파 검수들의 참가로 기세가 오른 무인들 앞에 반란군은 지리멸렬하고 있었다.

조총과 화탄을 믿고 계속해서 싸워보려는 복왕의 의지는 사방에서 나타난 거지들로 인해 꺾일 수밖에 없었다.

이미 반란군에 가담했던 수많은 난민들이 겁을 집어먹고 도망치는 일이 빈번하게 일어났다.

"복왕, 물러나야 합니다. 지금까지 산서와 산동에서 합류하지 않는 것을 보면 그들도 저들에게 당했을 것입니다. 물러나 때를 기다려야 합니다."

거듭되는 목혁성의 말에 복왕이 이를 갈며 우익을 무너뜨리고 좌익을 공격해 오고 있는 무인들을 노려보았다.

무려 십여 년 이상을 공들여 온 복위의 꿈이 한순간에 무너지는 느낌이었다.

'제기랄.'

복왕 역시 이미 훨씬 전부터 전세가 자신들에게 불리함을 느끼고 있었다. 하지만 너무도 오랫동안 준비해 온 것이었기에 집착을 보이고 있었던 것이다.

"백, 퇴로를 열어라. 후퇴한다."

드디어 복왕의 결심이 섰다.

"알겠습니다."

"복왕! 그럼 이들은 어찌한단 말이오?"

목혁성이 복왕의 말에 반란군을 보며 물었다. 하지만 돌아온 것은 싸늘하기 짝이 없는 복왕의 말이었다.

"어차피 소모품인 이들이다. 난민들이나 낭인들은 또다시 구할 수 있어."

"뭐라고?"

그동안 복위를 위해 복왕을 따랐던 목혁성은 그의 말에 할 말을 잃고 멍하니 쳐다보았다. 믿고 따른 자를 그리도 쉽게 버리다니 욕심에 눈이 멀어 복왕을 의지해 온 자신이 너무도 한심스럽게 느껴졌다.

"감히! 모두가 네놈의 말을 믿고 의지했거늘!"

목혁성이 검을 빼 들고 복왕을 겨누었다.

"못 간다! 이들과 함께 최후를 맞이해라! 그것이……."

목혁성의 분노한 말이 끝나기도 전에 복왕이 귀찮은 투로 말했다.

"모자란 놈. 백! 죽여라!"

스걱!

목혁성은 뽑아 든 검을 휘둘러보지도 못한 채로 백의 검에 목이 잘려 나갔다.

복왕이 어금니를 깨물며 전장을 노려보았다.

"두고 보자."

전장은 이미 무너지고 있었다. 이미 좌익은 무너졌고, 본진

마저 위험한 상태였다.

"가자!"

복왕은 세차게 말머리를 돌렸고, 백이 그의 뒤를 호위하며 따랐다.

파카카캉!

모용찬이 찔러오는 창대를 모조리 쳐내며 사방으로 검을 뿌렸다.

순식간에 그를 둘러싸고 공격해 오던 반란군 열둘이 쓰러지며 진형이 무너졌다.

하지만 그들 중 목숨을 잃은 이는 하나도 없었다.

검면으로 후려친 터라 기절하거나 부상을 당하는 것이 전부였다.

좌익을 무너뜨리고 본진으로 공격하려던 모용찬은 한 떼의 무리가 도주를 시작하는 것을 보고 다급히 그들을 뒤쫓으려 했다.

"찬아! 어딜 가는 게냐!"

모용관천이 무리하게 반란군의 틈새를 파고들려는 것을 말렸다.

"저기! 반란군의 우두머리들이 도망치고 있습니다."

"뭐라고?"

그제야 모용관천이 아들이 가리킨 방향을 쳐다보았다.

"음, 놔두어라."

"예?"

"우선은 반란을 막는 것이 먼저이다. 지금 저들을 쫓아 들어가도 이미 늦었다. 본진을 뚫고 저들을 쫓기에는 시간이 너무 많이 소요돼."

"하지만!"

"괜찮다. 놔두어라. 일단은 이곳부터 정리하자꾸나."

"알겠습니다."

모용찬은 복왕을 잡지 못한 것이 화가 났지만 더 이상 쫓을 생각은 하지 않았다.

"수하들을 버리고 도망치는 수장이라니… 쯧쯧."

모용관천이 먼지를 휘날리며 멀어지는 복왕을 바라보며 혀를 찼다.

"모두 무기를 버려라! 이미 수장이 도망쳤다!"

복왕이 떠나 우두머리를 잃은 반란군은 얼마 가지 않아 오가회를 비롯한 무인의 연합에 밀리며 무너져 내렸다.

모용찬이 공력을 실어 외친 목소리는 석가장 전체를 울렸고, 반란군들은 우왕좌왕하다 무기를 버리고 투항했다.

아직 반 이상의 병력이 남아 있었음에도 우두머리가 도망쳐 버린 반란군은 하루를 버티지 못했다.

"모용 가주!"

송학 도장이 모용관천을 발견하고 다가왔다.

"아, 오셨습니까? 고생하셨습니다."

"애쓰셨네."

"산동은 어찌 되었습니까?"

"토벌군이 도착하기 전에 모두 돌려보냈네. 우두머리 몇 놈의 목을 잘랐더니 금세 무너지더군. 어쨌든 그들은 난민의 생활을 이기지 못해 반란군에 가담하였을 테니……."

"그렇지요."

"일단 이곳도 곧 토벌군이 도착하기 전에 이들을 모두 돌려보내세."

"알겠습니다. 찬아!"

모용관천이 모용찬을 불러 반란군에 가담한 난민들을 돌려보내게 했다.

송학 도장과 모용관천이 대화를 나누는 사이 개방의 취취가 나타났다.

"송학 도장을 뵙습니다."

"오, 개방의 후개로군. 애썼네. 그런데 적 방주는 어디 있는가?"

"부상을 당해 지금 이곳으로 오고 있는 중입니다."

적생이 부상당했다는 말에 모용관천이 깜짝 놀라며 물었다.

"부상이라고?"

"예. 창존과의 싸움에서……."

"극천일 그가 나타났단 말인가?"

"예."

"허, 그가 그 싸움에……."

모용관천의 놀람에 송학 도장이 고개를 끄덕이며 말했다.

"그렇군. 산동의 반란군에 검존이 끼어 있는 것을 보고 내 짐작은 했지만… 창존은 어찌 되었는가?"

"방주와의 싸움에서 목숨을 잃었습니다. 그보다 반가운 분이 찾아오셨습니다."

"반가운 분이라고?"

모용관천이 고개를 갸웃거리는데 멀리서 부상당한 적생과 함께 한 떼의 무인이 나타났다.

송학 도장은 그들의 일행을 살피다가 한 인물의 얼굴에 깜짝 놀라 외쳤다.

"무황!"

"헉!"

적생의 곁에서 웃음을 띤 채로 천천히 걸어오는 이는 바로 천지무황 장영이었다. 모습은 변했지만 오랜 지기인 그가 못 알아볼 리 없었다.

송학 도장은 천지무황을 발견하자마자 급히 달려가 어깨를 감싸 쥐었다.

"이 사람, 무황!"

"오랜만일세."

"허허, 잘 지냈는가?"

얼굴 가득히 미소를 지은 장영을 향해 무인들이 포권을 하며 공손하게 인사를 했다.

"허허, 제법 바빠보이는 구만."

"어쩌다 보니 그리되었네. 그래, 어찌 지냈는가?"

"말하자면 기네."

송학과 장영이 말을 나누는 사이에 적생의 곁에 서 있던 노인이 송학 도장을 향해 인상을 찡그리며 툴툴거렸다.

"나는 아예 보이지도 않는 모양이구만."

그는 담심허였다.

"그럴 리가 있겠는가? 천하의 의선을 누가 모른 척한단 말인가?"

"홍!"

담심허가 코웃음을 치며 고개를 돌려 버리자 무인들의 얼굴에 미소가 어렸다.

"그보다 내 제자를 혹시 보지 못했는가?"

장영이 묻자 송학 도장이 고개를 저었다.

"풍룡, 그 아이 말인가?"

"음, 그리 불린다 들었지."

"지금은 없네. 그와 늘 함께 다니던 모용찬이라는 아이의 말로는 황궁으로 갔다고 하던데……."

"황궁?"

"음."

"황궁에는 어쩐 일로……. 그보다 코용찬이라는 아이가?"

장영이 고개를 돌려 모용찬을 찾자 막 반란군을 해체하고 돌아온 모용찬이 장영을 향해 공손하게 인사했다.

"무림 말학 모용찬이 존경해 마지않는 천지무황님을 뵙습니다."

"허허, 과례일세. 그래, 내 제자와 함께 다녔다고?"

"예. 기련산을 떠날 때부터 지금까지 십 년 동안 함께했습니다."

"흠, 그렇구만. 그래, 그 아이는 지금 어디 있는가?"

"아마도 지금쯤……."

모용찬은 황도 쪽을 향해 고개를 돌렸다.

"귀왕과 싸우고 있을지도 모르겠습니다."

모용찬은 귀왕을 따라간 마도지존을 생각했다.

"귀왕이라고?"

"예. 마도지존께서 따라가셨지만 무 공자가 황도에 있으니 아마도 함께 있을 것이라 생각됩니다."

"그렇구만. 그럼 어디 제자를 만나러 가보아야겠군."

장영이 고개를 끄덕이며 나섰다.

"함께 가지."

송학 도장이 그 뒤를 따르자 모용찬과 몇몇 무인이 그 뒤를
따랐다.

"젠장할, 나는 안중에도 없구만."

담심허가 입을 삐죽거렸다.

第十章
마지막 결전

무림군자

쿠르릉!

허공에서 맞부딪친 장력은 우레와 같은 폭발음을 남기며 대지를 울렸다.

폭발에 뒤이어 광포한 바람이 사방으로 퍼져 나갔다.

바람의 파편에 주위를 둘러싸고 있던 나무들이 뽑혀 나가고 삼십여 장의 공터가 만들어졌다.

'우웃!'

육체를 초월한 무공을 가지고 있다는 양학명조차도 천근추의 공력을 일으켜 지면에 발을 박아 넣고 버텨야 할 만큼이나 폭발의 여파는 강력했다.

양학명은 장력을 발출한 두 명의 무인을 찾기 위해 시선을
집중했다.

"쿨럭!"

지면에 기다란 족적을 남기며 쓸려 나간 주량이 한 사발이
나 되는 피를 토해내고 있었고, 지면에 처박혀 버린 무명이
비틀거리며 일어났다.

장력을 부딪친 둘의 상태를 보면 무명이 이긴 것이라 생각
해도 무리가 없었다. 하지만 무명의 공력은 상대의 기운을 파
고들어 공격하는 것이 아니니 필요 이상의 내상을 만들어내
지는 않는다. 더구나 십여 장이나 밀려 나간 무명에 비해 주
량은 고작 다섯 걸음 정도의 거리를 밀려나 있었다.

한데 주량은 금세 쓰러지기라도 하듯이 피를 울컥 토해내
다 바닥에 손을 짚고 엎드렸다.

지켜보고 있던 양학명이 눈살을 찌푸린 채 몸을 세운 무명
에게로 다가갔다.

만약 주량의 장력과 부딪칠 때 바람의 회오리로 몸을 감싸
두지 않았다면 무명은 더 이상 그와 싸움을 전개할 힘조차 남
지 않았을 것이다.

"괜찮으냐?"

"예. 한데 어째서 저러는 것일까요?"

"글쎄다. 상태로 봐서는 중독된 것은 아닌 것 같은데… 흐
흠."

주량은 양학명조차 놀랄 정도로 강했다.

처음 만났을 때만 해도 자신과 비등하거나 조금 모자란다 생각했는데 맞부딪쳐 본 뒤에는 이미 양학명 자신을 훨씬 넘어섰다는 확신이 들었다.

무명은 주량에게 섣불리 다가서지 못했다.

주량의 무공에 자신도 모르게 두려움이 생겨났기 때문이다.

무명과 양학명이 멈칫거리는 동안에도 주량은 엎드린 채 일어나지 못하고 있었다.

"무명아!"

그때 반가운 목소리가 무명을 찾았다.

익숙한 목소리에 무명이 슬쩍 고개를 돌렸다가 목소리의 주인을 찾아내고는 깜짝 놀랐다.

"스… 승님?"

나타난 이는 장영과 송학 도장이었다.

"스승님!"

무명이 스승의 얼굴을 알아보고 한달음에 그의 가슴팍을 향해 뛰어들었다.

"오냐, 오냐. 잘 지냈느냐?"

몸을 꽉 안은 채 가슴에 얼굴을 비벼대는 무명의 모습에 장영이 흐뭇한 표정으로 그의 머리를 쓰다듬었다.

"뵙고 싶었습니다, 스승님."

"안다."

"어찌 그간 연락도 한번 하지 않으시고……."

"허허, 원 다 큰 녀석이 눈물을 흘리는 게냐?"

장영이 무명을 떼어내고 얼굴을 보며 웃었다.

"하하, 아닙니다. 울다니요."

"그래그래, 승풍은 이루었느냐?"

"예. 끝자락을 보긴 했습니다만 아직 미흡합니다."

"호오? 끝자락을 보았다?"

"예. 아직 바람에 오를 순 없지만 쥘 수는 있습니다."

무명의 말에 장영이 감탄사를 내뱉었다. 바람을 쥘 수 있다는 것은 무형의 기운을 유형으로 바꿀 수 있다는 의미가 아닌가? 어쩌면 자신의 제자에게는 더 이상 단전이라는 것이 필요하지 않을 수도 있었다.

'괜한 고생을 했는지도… 허허.'

장영이 제자의 대견한 모습에 흐뭇해하며 웃었다.

"그래그래, 그보다……."

반가움을 뒤로한 장영이 무명과 주량이 만들어놓은 커다란 공터를 둘러보았다.

"굉장한 공력이구나."

남겨진 흔적만으로 단번에 주량의 공력을 예측한 장영이 혀를 내두르고 아직까지 완전히 정신을 차리지 못한 주량을 쳐다보았다.

"저 아이가 귀왕이냐?"

"예."

무명이 스승의 말에 얼굴을 찡그렸다.

"무황!"

양학명이 장영에게 다가왔다.

"오랜만이네."

"죽지 않았구만그래."

"암, 죽지 않았지. 어찌 지냈는가? 대충의 이야기는 모용찬이라는 아이와 송학에게 듣기는 했네만."

"어찌 지내긴… 자네가 내어준 문제 때문에 죽지 못해 살지."

"문제?"

장영의 물음에 양학명이 품에서 바둑돌 하나를 던졌다.

"아, 허허, 아직도 풀지 못한 게야? 쯧쯧, 못난 사람 같으니."

"칫, 못나긴… 자네가 잘난 탓이지."

양학명이 장영을 향해 입을 삐죽거리는 사이 담심허를 비롯한 모용찬 일행이 도착했다.

그들 역시 숲 속에 만들어진 공터에 혀를 내두르고 말았다.

"크르르르."

갑자기 느껴지는 기운이 많아지자 주량이 다시금 고개를 들어 올리고 허연 송곳니를 드러내었다.

흑요석처럼 빛나는 그의 안광이 다시 붉은빛을 발하기 시작했다.

"허, 괴물이구만그래?"

담심허가 놀란 얼굴로 말했다.

"괴물? 괴물 정도가 아니야. 나도 상대가 안 될 정도야."

양학명이 쓰게 웃으며 대답하자 담심허가 깜짝 놀란다.

"뭐야? 그 정도란 말인가?"

양학명에 대해서는 동시대를 살아온 만큼 누구보다 잘 알고 있는 담심허였다. 그런 그가 상대가 되지 않는다고 하니 놀랄 수밖에 없었다. 그리고 그의 놀람을 더한 것은 송학 도장의 수긍이었다.

"허, 굉장하구만. 누가 저런 괴물을 만들어낸 것이지? 이거 협공을 해도 어려울지 모르겠어."

"헛!"

송학이 협공이란 말을 사용할 정도로 뛰어난 자였단 말인가?

그들이 놀라는 사이 장영은 오히려 주량의 몸에서 퍼져 나오는 기운보다 그 얼굴을 보고 적잖이 놀란 상태였다.

"저 아이가?"

"……."

"허, 저 아이가 귀왕이었구만."

장영의 감탄사에 무명이 고개를 갸웃거렸다.

"알고 계십니까?"

"음, 내 기련산을 떠날 때 만난 적이 있지. 기운이 예사롭지 않다 했더니 과연……."

장영이 어찌 그를 알고 있는지 알지 못했던 무명은 의구심이 가득한 얼굴로 주량과 장영을 번갈아 쳐다보았다.

"맞부딪쳐 보니 어떠하더냐?"

"강했습니다. 제자가 감히 범접할 수 없을 정도였습니다."

"그럴 테지. 하나 결국 몸에 가진 기운에 잡아먹혔구나. 쯧쯧."

"예?"

무명의 물음에 장영은 대답치 않고 고개를 젓고 말했다.

"이길 수 있겠느냐?"

"해보겠습니다."

"……."

장영이 무명을 쳐다보았다.

"해보아라. 네가 얻은 승풍을 이 스승에게 보여다오."

"예, 스승님."

장영의 말에 무명이 고개를 끄덕이고는 주량을 향해 걸어갔다.

피를 토하고 있던 주량이 거친 숨을 몰아쉬다 다가오는 무명을 쳐다보았다.

한 사발을 피를 토해낸 주량의 눈은 어느새 정상으로 돌아와 있었다.

"무명."

"주 공자."

"후후, 설마 나를 다시 막아서지는 않겠지?"

"아니, 막기 위해 왔소."

"막기 위해… 왔다?"

무명의 말을 곱씹은 주량이 실소를 지었다.

"이 앞으로 더 이상 나아갈 수는 없을 것이오."

"훗, 우습군. 무명, 너는 내 상대가 되지 못해."

주량이 천천히 일어났다.

피를 토하고 나니 한결 개운해진 느낌이었다.

"하나만 묻지. 어째서 그렇게까지 나를 막고자 하지? 그대
도 역적으로 내몰린 조부의 복수를 해야 하지 않나?"

"물론!"

무명이 주량의 말을 잘라내듯이 짧게 외쳤다.

"역적으로 몰렸던 내 조부의 한을 풀어드릴 것이오. 하나
이렇게는 아니오. 이렇게 해결한다고 하여 조부님께서 기뻐
하지는 않을 것이오."

"후, 궤변에 불과하다."

"궤변이라니… 주량 당신은 강하오. 그리고 그 강함을 입
증했소. 당신이 이끈 귀문의 무인들은 무림을 무너뜨렸고, 지
금은 이 나라의 수장인 황제의 목을 베려 하고 있소. 그리고,

그리고 나면 무엇을 할 참이오?"

"무엇을 할 것이냐고? 당연하지 않은가?"

"설마? 당신도 복왕처럼 이 나라를 얻어 황제의 위치에 서 보려는 것인가?"

무명의 말에 주량이 잠시 말을 끊었다가 대소를 터뜨린다.

"파하하하!"

"……"

"우습구나, 무명이여. 얼마 전 어미를 만났다. 그리고 그녀는 내 품에서 목숨을 잃었지. 묻고 싶은 것이 많았다. 하지만 하늘은 그것마저 허락하지 않더군. 저 황도에 있는 자의 명령에 의해 나는 내 어미를 또다시 잃은 것이다."

주량이 몸을 일으키고 호흡을 고르듯이 긴 숨을 내뱉었다.

"황제? 그따위 건 아무것도 아니다. 내 어머님에 대한 복수다. 황제의 목을 베면 무엇을 할 참이냐고? 모조리 쓸어버려야지. 어머니의 죽음에 관련된 자들은 모두 죽는다."

주량의 말에 무명의 표정이 어두워졌다.

아마도 복왕은 주량을 움직이기 위해 일향을 죽인 모양이다. 그리고 그 죽음을 주량이 지켜본 것이다.

그의 마음이 어떤 것인지 무명은 무척이나 잘 알고 있었다.

오래전 자신도 그러했기에 조부를 용서하지 못했으니까.

"그리하면… 그리하면… 당신의 어미가 기뻐할 것 같소?"

"아니. 모르지. 기뻐하지 않아도 좋아. 그녀는 이미 세상에 없으니까."

주량의 표정에 슬픔이 어렸다.

"이보시오, 주량. 분명 당신은 불공대천의 원한을 가지고 있음이 분명하오. 하나 당신은 복왕이라는 자의 술책에 속고 있소. 당신의 어미를 죽인 자는 반란군을 일으킨 복왕이라는 자요."

"그래서?"

"나도 당신의 어머니인 일향님을 알고 있소. 그녀가 내 목숨을 구해주었소. 지금 내가 이렇게 살아 있는 것은 어쩌면 그분의 은혜인지도 모르지. 하지만 이건 아니오."

"필요없어… 어차피 모조리 죽여 버리면 끝나니까."

무명은 주량을 설득하려는 듯이 말했지만 주량에게는 아무것도 들리지 않는 듯했다.

"무명, 막아서면… 죽는다. 나의 복수를 가로막는 자는 그것이 하늘이라고 할지라도 모조리 죽인다."

"막아야겠소. 또 다른 환란과 수많은 이들의 목숨을 지키기 위해서라도 막아야겠소."

"……"

주량이 무명을 말없이 노려보았다.

"무엇 때문에 그리 열심이지? 자네와는 아무런 상관이 없는 이들이 아닌가?"

"물론이오. 하나 당신이 일으키려고 하는 환란에 죽어갈 죄없는 이들의 목숨을 생각하면 나서지 않을 수가 없었지요."

"좋아, 그렇다면 어쩔 수 없지."

주량이 천천히 무명을 향해 걸음을 내디뎠다.

이미 그의 눈은 강신기공을 극한으로 끌어올려 흑요석과도 같은 검은빛을 띠고 있었다.

단숨에 명줄을 끊어버릴 듯한 그의 살인적인 기세가 전장을 가득 채웠다.

"죽어라!"

슈익!

돌려진 몸과 함께 뻗어진 손에서 피 묻은 소도가 쾌속한 속도로 무명을 향해 쏘아졌다.

휘이익! 텅!

막 소도가 무명의 곁에 왔을 때 무명의 손이 바람을 잡아채듯이 움직여 소도를 쳐냈다.

하지만 주량의 공격은 그것이 끝이 아니었다. 무명이 소도에 신경 쓰는 동안 이미 주량은 무명의 측면을 향해 일장을 뻗어오고 있었다.

방시혁을 죽음으로 몰고 갔던 쇄혼장이었다.

짓이겨 버릴 듯한 주량의 일장이 허리에 와 닿는 순간 회오리와 같은 기운이 무명의 몸을 감싸고돌았다.

피리리릿!

"크윽!"

강신기공으로 단련된 주량의 손이지만 풍벽에 부딪히자 살갗이 통째로 벗겨지는 듯했다.

"으하압!"

거센 기합성과 함께 무명의 몸에서 들끓어 오른 기운이 너울처럼 사방으로 퍼져 나가자 세찬 바람이 사방을 때렸고, 거센 폭풍의 잔여물처럼 무인들을 스치고 지나갔다.

양팔을 교차하며 재빨리 몸을 빼낸 주량이 어금니를 갈며 무명을 노려보았다.

하지만 바람의 폭발을 완전히 막아내지 못한 때문인지 그의 옷이 찢겨져 너덜너덜하게 변해 버렸다.

주량의 눈이 가늘어졌다.

"강… 해졌군."

"조금은."

주량의 말에 무명이 무표정한 얼굴로 대답했다.

무명은 분명 강해졌다. 그것도 주량이 예측하지 못할 정도의 힘을 가지고 다시 태어난 것이 분명했다.

"다시 권고하겠소. 이만 멈추시오. 당신의 어머니도 바라지 않을 것이오."

"후후, 어머니는 더 이상… 세상에 없다!"

주량은 무명의 기운에 의해 피투성이가 되어 찢어져 나간 자신의 오른손을 움켜쥐었다.

흑요석처럼 빛나던 눈에 싸늘한 살광이 어려 붉은빛이 넘실거렸다.

'음… 귀기인가? 귀기가 또다시 그의 이성을 모조리 잠식한 것인가?'

무명의 얼굴이 굳었다.

붉은 기운을 흘리기 시작한 주량의 눈빛을 보며 더 이상의 설득은 소용이 없을 것이라는 짐작을 한 것이다.

결국 이 모든 것을 끝내는 것은 주량의 목숨을 거두는 것밖에는 아무런 방법이 없었다.

"결국 당신과는……."

무명이 처음으로 자세를 취했다.

무림에 나와 수많은 일을 겪으면서 한 번도 선공을 취해본 적이 없었고, 살기를 한 번도 품지 않았지만 지금 이 순간만큼은 주량을 죽음에 이르게 할지라도 막아야 한다는 것을 너무도 잘 알고 있었다.

무명이 가만히 눈을 감고 정신을 집중했다. 무명의 몸 안에 서서히 기운이 모였다. 바람의 기가 휘돌아 단전을 가득히 채웠다.

바람의 기가 휘돌아 무명의 백회혈로 빨려들었다. 백회로 빨려든 기운은 사지백해로 흐르고, 온몸의 세맥을 흘러 그의 움직임을 가볍게 만들었다. 마치 산들바람이 흐르듯이 그의 손길을 따라 대기가 너울거리며 움직임을 만들어내었다.

무명이 이룩한 힘은 '동화'.

눈을 감고 있었지만 무명은 자신의 주위를 확연하게 느낄 수가 있었다. 바람이 전해주는 느낌이 모든 사물을 선명하게 만들었다.

눈을 감아 암흑으로 보였던 시야가 트이고 조금씩 드러나 자신의 주위에서 조금씩 멀리까지 퍼져 나갔다.

숲을 가득 채운 무인들과 그들이 들고 있는 창검의 예기까지 전해졌다.

세상 모든 것을 관조할 듯이 광범위하게 무명의 영역이 확대되었다.

스르륵.

무명의 눈꺼풀이 천천히 들려져 올라갔다.

'선명하군.'

이전에 보지 못한 새로운 풍경에 무명은 속으로 놀람의 탄성을 지를 수밖에 없었다.

바람의 흐름이 눈을 통해 선명하게 보였기 때문이다.

움켜쥔 그의 주먹을 빠져나가는 바람의 형체가 보였다.

'바람… 승풍취천.'

문득 그의 얼굴에 미소가 생겨났다.

상쾌한 기분이었다.

무척이나 편안하고 온몸의 긴장마저 풀어지는 듯한 극도의 쾌락이 그의 중추를 간질였다.

"크르르."

주량이 무명의 모습을 보면서 입꼬리를 말아 올리며 으르렁거렸다. 굳이 느끼려 하지 않아도 무명이 가진 힘이 본능적으로 느껴져 왔다.

무명이 팔을 휘젓자 대기가 너울거리며 움직였고, 모공을 통해 빠져나온 바람의 기운이 눈에 보일 정도로 유형화 되어 그를 감싸 올렸다.

무명은 자신의 몸을 가득 채운 바람의 기운을 느끼며 미소를 지었다.

"크아앙!"

주량이 움직이기 시작했다.

지면을 박차는 순간 사라져 버린 그의 몸은 눈으로 쫓을 수가 없으리만큼 빠르고 은밀하게 움직였다.

쉭, 쉭, 쉭!

엄청난 빠름으로 인해 그 모습이 사라져 버린 주량은 간간이 바람 소리만을 남길 뿐이었다.

무명은 미동조차 하지 않은 채 가늘게 뜬 눈으로 전면을 응시했다.

눈으로 주량의 쾌속한 움직임을 쫓는다는 것은 불가능했다.

순간 무명의 뒤편에서 공간을 찢고 나타난 것만 같은 은빛 소도가 무명의 뒷목을 노리고 그어졌다.

파팟!

"무 공자! 조심……!"

멀리서 지켜보던 모용찬이 다급하게 외쳤다.

하지만 무명의 입가에는 다급함보다는 여유로움이 느껴졌다.

퍼엉!

무명의 손짓을 따라 폭음과 함께 허공이 터져 나갔다.

퍼퍼펑!

수십여 번의 공격이 무명의 사방을 짓쳐들어 왔으나 모두가 무명의 옷깃 하나 건드리지 못했다.

"몇 번을 해도……."

무명의 나지막한 목소리가 흘러나오고, 그의 오른손이 들려 올라갔다가 바닥을 내리누르듯이 내려왔다.

"똑같습니다!"

쿠아앙!

엄청난 압력이 바닥을 내리누르며 무명을 중심으로 십 장여의 지면이 움푹하게 파여 들어갔다. 사방을 뒤덮듯이 자욱한 먼지가 피어올라 바람에 휩쓸리며 퍼져 나갔다.

세찬 바람에 휩쓸린 무인들이 뒷걸음질 치며 물러났고, 일부는 몸을 가누기 위해 바닥에 검을 꽂고 버텼다.

"……."

바람이 가라앉고 먼지가 지면에 내려앉자 모두의 시선이
격전지를 향해 집중되었다.

고고한 모습으로 미동조차 하지 않은 처로 서 있는 무명과
는 달리 움푹 파인 대지를 피해 물러난 주량은 바람의 여파에
찢어져 나간 자신의 의복을 묵묵히 바라보고 있었다.

모용찬을 비롯한 정무협과 오7회 인물들의 얼굴은 희열
로 물들었다.

"크크크."

주량이 실소를 흘리며 몸을 일으켰다.

"……."

무명의 무심한 시선이 주량을 향했다.

마치 아무 일도 없었다는 듯이 주량이 옷에 묻은 먼지를 털
며 무명을 향해 미소를 지어 보였다. 그의 미소에는 왜인지
모를 만족스러움과 동시에 희열이 느껴져 왔다.

뚜뚝, 뚜두둑.

주량이 굳은 몸을 풀 듯이 고개를 좌우로 꺾자 기분 나쁜
소음이 울렸다.

"재미있어."

나지막한 중얼거림은 사악함을 넘어 악마적인 분위기까지
흘렸고, 두 눈에서 피어오르던 혈광은 더욱더 짙어져 불길처
럼 넘실거렸다.

무명의 몸에서 나온 청량한 기운이 짙어질수록 주량의 혈광이 그에 대비하듯이 사방을 가득 채우기 시작했다.

두 개의 기운이 대립하듯이 공간을 나뉘고 조금이라도 많은 영역을 차지하기 위해 부딪치며 다시금 싸움이 시작되었다.

주량의 발이 떼어지고 내디뎌진 첫 번째 걸음과 동시에 혈광이 번개가 무색할 정도의 빠르기를 지닌 채 무명을 향해 날아갔다.

그것을 시작으로 무명과 주량은 서로의 초식을 주고받기 시작했다.

사방은 폭발음으로 가득 찼고, 대지는 비명을 질러대며 터져 올랐다.

두 사람의 기운에 반응한 대기가 거대한 울음을 터뜨리며 세상을 울렸고, 성벽과 대지는 지진을 만난 듯이 진동했다.

무인들은 폭발의 여파를 피하기 위해 조금이라도 더 멀리 그들에게서 떨어지기 위해 도망쳤다.

주량의 혈광은 피아의 구분 없이 사방을 잠식해 들었다.

붉은 혈광이 닿은 곳은 여지없이 부서져 나갔고, 피하지 못한 이들은 혈광의 제물이 되어 갈가리 찢겨져 나갔다.

"이… 이것이… 사람 간의 싸움이란 말인가?"

가히 무신 간의 싸움이라고 해도 좋으리만큼 강력한 싸움에 사람들은 그 누구도 승패의 향방을 점치지 못했다.

두 사람은 원래부터 한계라는 것이 없는 듯 공방을 이어나갔고, 거대한 폭음과 울림은 벌써 세 시진을 넘어서고 있었다.

쿠앙!

세상을 울리는 듯한 폭음과 함께 무명과 주량이 오 장여의 간격을 두고 떨어져 멈추어 섰다. 두 사람은 처음과 마찬가지로 조금도 지친 기색을 보이지 않았다.

무명을 지그시 바라보던 주량이 별안간 공력을 풀어버렸다.

사방을 잠식해 가던 혈광이 흔적도 없이 사라지자 무명의 청량한 기운이 그 틈새를 순식간에 점거해 갔다.

주량이 손을 들어 무명의 기운을 느끼며 옅은 미소를 지었다.

주량의 양손이 힘없이 들려졌다.

촤라락.

그 손을 따라 허리춤에 매여져 있던 여덟 개의 단도가 허공으로 떠올랐다.

다섯 치 길이의 단도는 그의 눈빛만큼 검은빛으로 반짝거렸고, 마치 주량의 몸을 호위하듯이 그의 기운을 타고 허공에서 넘실거렸다.

'놀라운 기운이군.'

무명은 주량의 몸 안에 응축된 기가 퍼져 나와 단도를 감싸는 것을 느끼며 감탄사를 내뱉었다.

무인들에게는 단지 허공의 단도만이 보였겠지만 무명에게는 단도와 이어진 주량의 검은 기운이 모두 느껴지고 있었다.

단도는 비도가 되어 무척이나 느린 속도로 무명을 향해 날아갔다.

팍!

무명은 굳이 단도를 막지 않고 반보를 비트는 것만으로 그의 공격을 피해내었다.

무명의 몸을 스쳐 지나간 단도가 지면에 박혀들었다.

두 번째 단도가 이전보다 빠른 속도로 무명을 향해 날아들었다.

이번에도 무명은 막지 않았다.

두 개의 단도가 조금 더 속도를 더해 무명을 향해 날아갔고, 이전과 마찬가지로 바닥에 꽂혔다.

마치 무명의 네 방위를 감싸는 것처럼 건(乾), 곤(坤), 감(坎), 이(離)의 네 방향을 점했다.

화악!

네 곳에 단도가 박히는 순간 시커먼 기운이 마치 무명을 가두듯이 기묘한 빛을 발했다.

'음…….'

알 수 없는 기운에 답답함을 느낀 무명이 기운을 방출해 회오리를 만들었다.

쓸려 올라가듯이 일어난 바람이었지만 단도가 내뿜는 기운에 의해 반구형의 영역을 벗어나지 못했다.

파파팍!

남아 있던 네 개의 단도가 눈에 보이지도 않을 속도로 날아 또다시 지면에 박혀들었다.

간(艮), 진(震), 손(巽), 태(兌).

일정한 간격을 두고 박혀든 여덟 개의 단도는 마치 무명의 주위에 작은 진을 만들어내는 것처럼 옅은 빛을 띠었다.

주량이 그 모습에 사악한 미소를 지었고, 그의 말려 올라간 입꼬리 아래로 하얀 송곳니가 빛났다.

슥, 슥, 슥!

"크아앙!"

나직한 말과 함께 주량의 손이 천천히 수결을 맺었고, 그가 한 걸음씩 내디디며 무명을 향해 다가섰다.

그의 걸음이 일보씩 다가가자 단도로부터 검은 기운이 피어올랐다.

주량이 무명의 곁으로 다가섬과 동시에 검은 안개에 동화되듯이 주량의 몸이 완전히 사라져 버렸고, 무명의 몸은 검은 안개에 휩싸여 버렸다.

"헛! 저, 저럴 수가?"

멀리서 바라보고 있던 모용찬은 갑작스럽게 검은 안개에

휩싸여 사라져 버린 두 사람의 모습에 깜짝 놀랐다.

듣도 보도 못한 무공이었다.

진법이라고 하기에는 너무도 선명할 정도로 그 형체를 드러낸 검은 안개의 기운에 눈을 비벼보기도 했다.

'음, 귀문팔괘진… 더 강해졌군.'

이미 똑같은 기술에 당해본 양학명이 미간을 좁히고 얼굴을 찡그렸다.

'어둠.'

안개에 완전히 갇혀 버린 무명이 느낀 것은 적막과 안개였다.

안개는 살인적인 기운을 내뿜으며 무명의 전신을 감싸고 있었다.

바람의 회오리로 밀어내고 싶었지만 검은 안개는 이미 그 바람의 흐름에 섞여들고 있었다.

"크크크!"

쉿소리와도 같은 주량의 웃음소리가 안개가 만든 공간을 울리며 무명의 귓가를 스쳤다.

슛!

팔다리를 지나치던 흑무가 칼이 되어 스친다.

'큭!'

살갗이 의복과 함께 베어나가던서 피가 흘렀다.

잔잔하지만 공포스러운 느낌을 가진 울림이 무명의 전신을 압박해 왔다.

"죽어라!"

시리도록 잔인한 주량의 음성과 함께 흑무의 기세가 날카로운 예기를 품고 무명의 온몸을 난자하기 시작했다.

사방으로 핏물이 튀었고, 의복이 갈기갈기 찢겨져 나갔다.

'크윽!'

실로 엄청난 기운이었다.

흑무의 흐름은 예측 불가능한 혼돈을 가지고 있었다. 마치 세상과는 완전히 단절된 것과 같은 공간에 갇혀 버린 듯이 무명은 어떠한 행동도 취하지 못했다.

흑무의 살기가 무명의 가슴을 짓눌러 전해진 답답함과 함께 살갗을 베고 지나가는 날카로운 예기에 무명은 머리를 굴려보기 시작했다.

바람을 이용한다 해도 이미 바람의 회오리에 동화되어 버린 듯한 검은 안개를 쳐낼 수는 없었다.

"크크크."

저승사자와 같은 주량의 웃음소리가 나지막이 울려왔다.

어떻게든 이겨내야 했지만 도무지 방법이 생각이 나질 않았다.

'크윽… 엄청나군.'

짓눌러오는 압력에 무명은 피투성이가 된 지 오래였다.

스승이 가르쳐 준 천무도 지금 이 순간은 아무런 소용이 없었다.

주량의 모든 것이 담긴 한 수는 상상조차 불허할 정도로 강력했다. 감히 신이라고 해도 좋을 만큼 흑무에 실린 힘은 강력했다. 만약 그 안에서 막은 자가 무명이 아니었다면 이미 흑무가 내뿜은 살기에 갈가리 찢겨 살점조차 남지 않았을 것이다.

'방법… 방법을 찾아야 해.'

흑무가 점점 짙어져 무명의 온몸을 잠식할 때쯤 무명은 살며시 눈을 감았다.

'파괴의 힘을 가진 어둠.'

무명은 서서히 자아를 유영하듯이 빠져들었다.

'승풍취천의 깨달음은 비단 바람의 기운을 받아들이는 것이 아니라 모든 것에 동화되는 것에 대한 깨달음.'

그의 육신은 흑무의 칼날에 잘리며 핏물을 튀겼지만 아무런 고통도 느껴지지 않을 만큼 깊은 심연의 세상으로 들어갔다.

'흑무… 바람… 흑무에 실린 예기……'

무명의 몸이 천천히 움직이기 시작했다.

마치 꽃을 찾아 헤매는 나비와도 같이 유연한 움직임으로 춤을 추기 시작했다. 움찔거리듯이 반응을 보이며 무명을 괴롭히던 흑무의 예기가 부드럽게 변했고, 계속된 그의 움직임을 따라 조금씩 움직이기 시작했다.

"크르르."

자신이 만들어낸 공간에 들어와 마치 주인인 양 행세하려는 무명의 모습에 주량이 기분 나쁜 듯한 목소리를 내었다.

뭉클!

주량의 목소리와 함께 언뜻 무명을 따라 움직이던 흑무가 돌연 날카로운 예기를 품고 무명의 살갗에 박혔다. 무명의 팔을 부드럽게 감싸던 흑무는 그의 팔을 한 치나 파고들며 피를 뿌렸고, 뱀이 휘감은 듯한 상처가 생겨났다.

'크윽!'

눈을 감은 무명의 미간이 찌푸려졌다.

하지만 무명은 멈추지 않았다. 살갗을 파고든 아픔에도 무명의 움직임은 물 흐르듯이 움직였다.

"크륵?"

무명을 비웃으려던 주량의 목소리에 흔들림이 생겨났다.

흑무에 내공을 불어넣던 주량은 흑무에서 일어나는 미묘한 변화에 얼굴을 찡그렸다.

흑무가 서서히 자신의 통제를 벗어나고 있었던 것이다.

그가 일으킨 흑무는 환술이나 진법 따위가 아니었다.

그것은 주량 자신의 내공이 방출되어 유형화된 기운이었다. 일찍이 귀문에 들었을 때 천귀가 자신의 몸에 새긴 황염수의 기운.

그 기운이 바로 귀문팔괘진의 원형이 되는 모든 것이었고, 주량은 그 기운을 통제하는 방법을 익히는 데만 십 년이라는 세월이 걸렸다.

그런데 지금 그가 익혀온 황염수의 기운이 자신의 통제를 벗어나고 있었다.

무명은 계속해서 춤을 추었다.

흑무가 그의 몸을 감싸고 돌며 그의 손짓을 따라 흐르기 시작했다.

무명은 서서히 흑무의 기운에 동화되고 있었던 것이다.

"이게 무슨!"

머릿속을 가득 채웠던 광포한 살기가 흑무와 함께 빠져나가자 조금 정신을 차린 주량이 재빨리 기운을 결집해 무명을 공격했다. 흑무가 칼날처럼 변해 무명을 공격하기 시작했다.

파카카카캉!

하지만 이미 그의 몸을 감싸 버린 흑무와 동화를 이룬 무명은 되레 흑무를 사용하기 시작했다.

바람에 섞여든 흑무와 주량이 일으킨 흑무가 거세게 충돌하며 쇳소리를 만들어내었다.

"제길!"

주량의 입에서 욕설이 내뱉어졌다.

설마 자신의 내공을 빼앗아가 버릴 줄은 몰랐던 것이다. 무명이 흡성마공을 익힌 것도 아닐 것인데 아무런 위화감 없이 자신의 내공과 동화를 이루어 버리자 주량은 어찌할 바를 몰라 했다.

주량이 당혹스러워하는 사이 흑무의 기운이 주량의 통제를 벗어나 점점 더 무명에게로 이어지고 있었다.

더 이상의 공격은 무의미했다.

시간이 지날수록 불리해지는 것이 자신임을 깨달은 주량

은 급히 흑무의 기운을 회수하기 시작했다.

"무슨 일일까요?"

한쪽 팔밖에 남지 않은 미추홀이 고개를 갸웃거리며 모용
찬에게 물었다.

어째서인지 무명과 주량을 감추어 버린 흑무의 움직임이
심상치 않았기 때문이다.

"글쎄요. 처음 보는 것인지라…….."

모용찬이 난색을 표하며 대답을 했다.

정무협과 오가회의 무인들도 그들과 별반 다를 바가 없는
표정이었다.

그 순간 검은 안개가 급속도로 걷히기 시작하며 마치 그 중
심의 거대한 공간 속으로 빨려들 듯이 세차게 움직이기 시작
했다.

쓰와와와!

"우웃!"

흑무가 회오리를 만들며 갑작스러운 돌풍과 함께 사라져
버렸다.

"허억… 허억……!"

흑무가 사라지고 드러난 것은 한쪽 무릎을 꿇은 채로 헐떡
거리는 주량의 모습과 온몸이 난자당해 피투성이가 되었지
만 꿋꿋하게 서서 자신의 손을 바라보고 있는 무명의 모습이

었다.

극명하게 차이가 나는 둘의 모습으로 인해 누가 이기고 누가 패했는지 중인들은 아무도 말할 수가 없었다.

"놀랍군."

주량이 고개를 들어 무명을 쳐다보았다.

"이것이 그대의 힘인가?"

"예. 제가 가진 재주입니다."

"뛰어난 재주군. 내가 가진 힘이 이렇게 보잘것없으리라 생각해 보진 못했는데……."

"아니요. 강했습니다. 아마 이 중원에 당신보다 강한 자는 없을 것입니다."

"후, 자네가 있지."

"……."

무명은 대답하지 않았다.

주량은 쥐어진 주먹을 바라보았다. 미세하게 떨려오는 자신의 주먹은 더 이상 과거와 같은 힘이 들어가지 않았다.

"후, 모두 빼앗겨 버린 건가?"

주량의 목소리에는 허탈함이 감돌았다.

"예."

"그렇군."

주량의 입가에는 자조적인 웃음이 지어졌다.

무명은 흑무의 기운과 자신이 내뿜은 황염수의 기운을 모

조리 빼앗아 가버린 것이다. 그로 인해 분노로 들끓었던 그의
이성은 예전과 같이 돌아왔다.

"졌군."

주량이 허허롭게 웃으며 털썩 주저앉았다.

"예."

무명이 씁쓸하게 웃었다.

"뭐가 어떻게 된 거죠?"

미추홀이 무명과 주량에게 시선을 집중한 채 이해가 되지
않는다는 얼굴로 쳐다보았다.

"글쎄요."

이해가 되지 않기는 모용찬 역시도 마찬가지였다.

엄청난 기세로 사방을 쓸어버릴 것만 같은 둘의 공방이 끝
나고 고요가 찾아오자 왠지 모를 어색함이 감돈다.

주량이 힘없이 양팔을 늘어뜨리자 정무협과 오가회의 무
인들은 환호성을 질렀다.

"무명님!"

모용찬이 기쁜 얼굴로 무명에게 다가왔다.

"아, 모용 공자."

"수고하셨습니다."

"예."

"수고하셨습니다, 무 공자."

"아, 미추홀님. 오셨군요."

"예."

"후우, 잠시 쉬어야겠습니다."

무명이 너무나 많은 피를 흘린 탓에 어지럼증을 느끼고 비틀거리자 모용찬이 그를 부축했다.

무명을 부축해 앉히는 모용찬을 보고 있던 미추홀이 고개를 돌려 주량을 쳐다보았다.

빠드득.

"놈."

은은한 분노가 서린 목소리의 미추홀이 천천히 주량을 향해 다가갔다.

왠지 사흑련과의 싸움에서 죽어간 동문들도, 무너진 상청관도 모두 귀왕 때문인 것만 같았다.

미추홀은 주량을 살려두면 또다시 무림에 환란을 일으키리라 생각하고 그를 죽이고자 마음을 먹었다.

차앙!

백색의 검이 빛을 받아 반짝거리며 주량의 목에 겨누어졌다.

싸늘한 눈으로 주량을 바라보는 미추홀은 금방이라도 목을 베어낼 것만 같았다.

"멈추세요."

뒤이은 무명의 힘 빠진 목소리가 미추홀의 행동을 멈추게

했다.

"무 공자!"

"이미… 끝난 싸움입니다."

"하지만……."

"그의 목을 벤다 하여 나아지는 것은 없습니다. 오히려 같아질 뿐이지요."

"……."

잔잔한 미소를 띤 무명의 얼굴에 미추홀은 차마 주량의 목을 베지 못하고 검을 집어넣었다.

"후후, 어째서냐?"

주량이 무명을 향해 물었다.

"뭐가 말입니까?"

"어째서 살려주려는 것인가?"

"싸움은 끝났습니다."

"뭐라고?"

"제가 하려는 것은 환란을 막고자 한 것이지 당신의 목을 취하려 한 것이 아닙니다."

"……."

"이미 싸움은 끝났고, 당신은 힘을 잃었습니다. 쓸데없는 희생을 만들 필요는 없지요."

무명의 나지막한 목소리에 주량이 피식 웃었다.

"약해빠진 놈이로군."

"음, 그럴지도 모르겠습니다. 약해빠졌지요."

"지금 죽이지 않으면 나는 다시 내 복수를 위해 이곳으로 돌아올지 모른다."

"그렇겠죠? 하지만, 그때도 막겠습니다."

"오만하군, 오만해."

주량이 천천히 자리에서 일어났다.

비틀거리는 걸음이었지만 싸움에서 진 패자라고 하기에 그는 너무도 당당해 보였다.

"돌아오겠다. 다시 돌아올 때는 절대 너에게 패하지 않을 것이다."

"기다리겠습니다."

무명이 모용찬에게 부축을 받으며 슬며시 고개를 숙였고, 그 모습을 물끄러미 바라보던 주량이 말없이 몸을 돌렸다.

무명과 모용찬은 그의 모습이 숲을 지나 완전히 사라질 때까지 바라보고 있었다.

"다시 돌아올까요?"

모용찬이 멀어져 흐릿해져 가는 주량을 바라보며 물었다.

"글쎄요. 그러지 않기를 바랄 뿐입니다."

무명이 황제가 앉은 성벽을 향해 고개를 돌리며 나지막하게 말했다.

"후우… 자, 일단 황제와 담판을 지어야겠습니다. 피해가 너무 많았어요."

"예."

무명은 황제와 시선을 맞추며 작은 한숨을 내쉬었다.

"과연 황제가 들어줄지는 모르겠지만……."

第十一章

무림… 그 후…….

武林
君子
무림군자

1

　무림의 혼란이 끝나고 황제는 무명의 뜻대로 관무불침을
인정해 칙령을 선포했다.

　무림인들은 더 이상 세상에 관여하지 않고 산속으로 은거
했고, 자신들이 만든 강호라는 세상 속에서 살아가게 되었
다.

　야랑이라는 단체를 만들어 명조의 복위를 꿈꾸었던 복왕
은 그의 세력들과 함께 모조리 참수당하거나 깊디깊은 황궁
뇌옥에 갇혔다.

　다시 세상에는 평화가 찾아왔고, 당시에 치열하게 싸웠던
귀왕의 존재도, 사흑련의 존재도 이야기꾼들을 통해 전해질

뿐 서서히 사람들의 기억에서 사라져 가고 있었다.

　중원의 외곽 서장 랍살(拉薩).

　"크아악!"
　비명성이 거대한 장원 전체를 울렸다.
　살기 위해 버둥거리는 사내가 잔혹한 살수를 벗어나기 위해 버둥거렸지만 이내 살수의 발에 밟혀 가슴뼈가 함몰되었다.
　살풍은 어둠과 함께 시작되었다.
　굳게 닫아걸었던 문은 한 번 휘둘러진 칼날에 힘없이 잘리었고, 정문위사들을 베어버린 흑의인들은 거침없이 뜰 안으로 걸어 들어왔다.
　"웬 놈이냐!"
　안뜰을 지키고 있던 무인이 얼굴을 찡그리며 흑의인들을 향해 외치자 무인들이 검을 꺼내 들고 흑의인들을 경계했다.
　흑의인들의 수는 모두 아홉이었다.
　귀면탈을 쓴 그들은 너무도 당당한 모습으로 들어와 두 줄로 늘어섰다.
　"겁을 상실한 놈들이군."
　툇마루에 앉아 바둑판을 바라보던 뚱뚱한 체구의 노인이

흑의인들의 모습에 눈살을 찌푸렸다.

"백!"

"예, 주군."

"방해받고 싶지 않구나."

"존명!"

툇마루의 앞에 시립해 있던 백의인이 노인의 말에 답하고 흑의인들을 향해 걸어나왔다.

"감히 이곳이……."

슈악!

백이라 불린 무인이 나섬과 동시에 흑의인들 사이를 지나 은빛 섬광이 날아들어 백이라 불린 무인의 심장을 뚫고 지나 갔다.

"큭!"

짧은 비명과 함께 자신에게 무슨 일이 일어난 것인지 영문을 몰라 하던 백이 손으로 가슴을 만졌다.

'피…….'

백이 비틀거리며 쓰러졌다.

"쓰레기."

낮고 울림이 강한 목소리가 들리고 누군가 정문을 걸어 들 어왔다.

흑의인들은 밖에서 들려온 목소리에 좌우로 비켜섰다.

"만난 것은 처음인가?"

흑의인들의 자리로 걸어온 것은 흑발이 허리까지 내려온
사내였다.

"웬 놈이냐?"

뚱뚱한 노인은 자신의 충복인 백이 죽었음에도 전혀 당황
하지 않은 채 고개를 돌려 흑발의 사내를 노려보았다.

"나를 기억하지 못할 줄은 몰랐는데……."

"뭐라고?"

기억을 더듬어보았지만 노인의 머릿속에는 흑발의 사내와
같은 인물이 각인되어 있지 않았다.

"기억하지 못하는 듯한 얼굴이군. 좋아, 기억나게 해주
지."

"뭐?"

픽!

언제 움직였는지 흑발의 사내가 노인의 옆에 나타나 얼굴
을 후려쳤다.

"컥!"

광대뼈가 함몰될 듯한 충격에 노인이 피를 게워내며 쓰러
졌다.

"노야!"

그제야 무인들이 고개를 돌려 흑발의 사내를 찾았다. 하지
만 이미 그의 손에는 노인의 멱살이 잡혀 있었다.

"크크, 이 정도론 아직 멀었어. 네놈이 나에게 한 짓에 비

하면."

"뭐라고?"

이빨이 수 개나 부러진 노인이 핏물을 흘리며 되물었다.

"십 년이 지났군."

"……."

"안 그런가, 복왕?"

사내의 말에 노인의 얼굴이 눈에 띄게 커졌다.

자신의 정체를 알고 있는 자는 좀 전에 죽은 백이라는 이밖에 없었다.

십 년 전, 반란 이후 도망쳐 신분을 감추고 서장에 살아온 뒤 자신의 신분을 드러내 본 적은 한 번도 없었다.

"그, 그것을 어떻게?"

"후후, 궁금한 모양이군, 내가 어째서 네놈을 아는지."

사내가 비웃음이 가득한 얼굴로 노인의 멱살을 잡고 들어 툇마루 아래로 던졌다.

"이놈!"

그 모습에 무인들이 검을 들고 흑발의 사내를 향해 뛰어들었다.

스걱!

하지만 미처 한 발을 떼기도 전에 그들은 어떻게 죽었는지도 모를 표정으로 바닥에 쓰러졌다.

수십여 명의 무인이 목숨을 잃고 쓰러지는 것은 불과 촌각도 걸리지 않았다.

"네, 네놈은 누구냐?"

노인의 물음에 사내는 대답 대신에 손가락을 튕겼다.

핑!

"끄아악!"

노인의 오른손에 시커먼 단도가 꽂혀들었다.

손아귀를 꿰뚫고 단단한 청석 바닥에 손잡이만 남기고 파고든 탓에 노인이 고통스러운 비명을 질러대었다.

"기억해 봐."

흑발의 사내가 비릿한 미소를 지으며 한 발짝씩 툇마루 아래로 걸어 내려오자 노인이 다급히 단도를 뽑아내고 도망치려 했다. 하지만 어찌나 깊이 박혔는지 단도는 뽑히지가 않았다.

"네놈의 욕심으로 인해 죽어간 일천여 명의 동료에 대한 답례다."

핑!

사내의 손이 또다시 튕겨졌다.

"끄아악!"

또 하나의 단도가 노인의 허벅지를 파고들자 어김없이 비명이 터져 나왔다.

"제때에 기억했다면 참 좋았을 텐데 말이야."

사내의 말에 노인이 겁에 질린 채 떨며 주변을 향해 고개를 돌렸다.

죽어버린 무인들의 시체가 보이고 미동도 하지 않고 서 있는 흑의인들이 보였다. 그리고 그들은 귀신의 얼굴처럼 만들어진 가면을 쓰고 있었다.

"귀, 귀면탈."

그제야 노인의 머릿속에 하나의 기억이 스치고 지나갔다.

"서, 설마!"

분명 죽었을 것이라 생각했던 사내다.

어찌 그가 살아 있단 말인가?

"운이 좋았지. 아마 그때 그 녀석이 나의 기운을 송두리째 뽑아내 가지 않았다면 네놈의 안배에 따라 나도 죽었겠지."

"주, 주량!"

노인의 기억이 밖으로 내뱉어졌다.

"후후, 이제야 기억해 냈군. 우리 따의는 당신에게 애를 써야만 기억할 소모품에 불과했겠지."

흑발의 사내.

그는 바로 주량이었다.

"십 년 동안 찾아다녔다, 네놈으로 인해 죽어간 동료들의 복수를 위해."

핑!

"끄아악!"

단도가 기름진 복부에 틀어박혔다.

고통에 몸부림치는 노인이 버둥거리며 장원을 빠져나가려고 애를 썼다.

"멍청하긴."

천천히 노인의 곁에 다가선 주량이 노인의 다리를 밟았다.

으저적.

뼈마디가 부러지는 소음과 노인의 비명성이 어둠을 타고 퍼져 나갔다.

"사, 살려줘! 제발 살려주게!"

눈물을 흘리며 애원했지만 주량의 얼굴에는 일말의 동요도 떠오르지 않았다.

"가소롭군. 쯧쯧. 잘 봐. 이건 귀문의 형제들에 대한 복수야."

스걱!

"끄아악!"

휘둘러진 소도에 노인의 손가락이 하나씩 잘려 나가며 사방으로 피가 튀었다. 주량은 무표정한 얼굴로 노인의 손가락부터 어깻죽지까지 조금씩 잘라내었다.

양팔이 완전히 잘려 나가고 두 다리가 잘려 나가자 노인은 더 이상 비명을 지를 수도 없었다.

"그리고 이건 네놈이 유린하며 죽게 한 어머니의 복수다."

콰직!

손에 들었던 단도가 노인의 두개골을 파고들며 깊숙하게 꽂혔다.

사지를 잃고 고통에 버둥거리던 노인은 핏물을 울컥거리다 천천히 고통 속에서 죽어갔다.

"오랫동안 찾아다녔다, 복왕. 귀문과 내 어미의 원수."

주량이 싸늘하게 복왕의 죽음을 끝까지 쳐다보았다.

"모조리 불태워라."

"알겠습니다."

주량은 검을 집어넣으며 싸늘하게 식어버린 노인에게서 시선을 떼고 몸을 돌렸다.

"흑귀!"

"예, 귀왕!"

"지금부터 중원으로 돌아간다."

"존명!"

"후후, 그를 다시 한 번 만날 수 있겠군."

불타오르는 복왕의 장원을 빠져나가는 귀왕 주량의 입가에 알 수 없는 미소가 걸렸다.

2

무림전화 십 년.

사흑련과 귀문이 최대의 사상자를 냈던 천자산 혈투가 있은 지 정확히 십 년이라는 시간이 흘렀다.

천자산은 오래전의 상처를 잊어버리고 예년의 푸름을 찾고 있었고 산행을 다니는 이들에 의해 많은 소로가 생겨났다.

천자산 아래에는 오래전의 혈투를 구경하려는 이들이 찾아들어 행인수가 많아지자 작은 마을이 생겼다.

마을이라고 해봐야 수십여 호 정도의 크기였고 객점 하나가 전부인 곳이었지만, 그곳은 얼마 되지 않은 사람들이 산다고 하기에는 너무나 활기차 보였다.

아이들 여남은이 마을 어귀를 뛰어다니며 패를 나누어 전쟁놀이를 하는 모습에 지나는 행인들이 흐뭇한 미소를 띠었다.

턱!

한 아이가 상대편을 피해 도망치다 마주 오던 젊은 사내와 부딪치며 넘어졌다.

"아얏!"

탄탄한 사내의 반탄력을 이기지 못해 넘어진 아이는 돌부리에 부딪힌 듯 무릎이 깨어져 시뻘겋게 피가 배어 나왔다.

"으… 피? 으아아아앙!"

나무로 만든 칼을 들고 전쟁놀이를 하던 용감한 아이였지
만 제 몸에서 흐르는 피가 무서웠던 모양인지 금세 울음을 터
뜨렸다.

"괜찮니?"

사내가 아이의 곁에 앉아 아이의 상처를 돌보았다.

부딪친 쪽은 아이였지만 되레 미안해하는 듯한 그의 목소
리를 들어보면 그의 심성이 부드러움을 알 수가 있었다.

"어디 보자. 저런, 무릎이 까졌구나. 이리 오너라."

사내는 안타까운 음성으로 아이의 바지를 걷어 올리고는
새하얀 천으로 지혈을 하고 가볍게 안아 올렸다.

사내의 품이 의외로 따뜻했기 때문일까, 아니면 갑자기 안
아 올린 때문일까?

울음을 내던 아이가 거짓말처럼 그치고 사내의 얼굴을 올
려다보았다.

해를 가리기 위해 쓰고 있던 방갓 아래로 사내의 얼굴이 드
러나 보였다. 사내의 얼굴이 무척이나 편안한 웃음을 짓고 있
자 덩달아 아이도 따라 웃었다.

"응급치료를 하였으니 괜찮을게다. 그래도 가까운 의원으
로 가보자꾸나."

"예."

모름지기 모르는 사람이 주는 당과도 받아먹지 말라는 어
미의 말을 잊었는지 아이는 해맑게 대답해 왔다.

"의원은 저쪽이에요."

아이의 손짓에 사내는 마치 이전에 이곳을 와본 적이 있는 것처럼 익숙한 걸음으로 의원을 찾아갔다.

"수연청공벽(水連天共碧), 풍여월쌍청(風與月雙淸)."

"물은 하늘과 이어져 함께 푸르고, 바람은 달과 함께 맑다."

의원 안에 훈당이 있었던 것일까? 분명 문 앞에는 약당(藥堂)이라는 패가 걸려 있건만 들려오는 것은 경을 외는 소리가 아닌가?

맑은 음색의 선창에 화답하듯 너댓 명의 아이가 뜻풀이를 한목소리로 외쳤다..

"산영추부출(山影推不出), 월광소환생(月光掃還生)."

"산 그림자는 밀어내도 나가지 않고, 달빛은 쓸어도 다시 생긴다."

사내는 그런 어색한 풍경에도 아랑곳하지 않은 채 약당 안으로 아이를 안고 들어갔다.

"이놈! 소하!"

약당 안으로 들어서자마자 열대여섯 정도로 보이는 더벅머리소년이 방갓의 사내에게 인사를 하고는 품에 안긴 소년의 귀를 잡아끌어 내렸다.

"너 또 수업 빼먹고 마을 꼬맹이들이랑 놀았지?"

"아얏! 아니야."

"아니긴 뭐가 아니야! 스승님 드실 술이나 좀 사 오라 시켰더니!"

어린 소하의 말에 더벅머리소년이 꿀밤을 먹였다.

"아얏! 왜 이래! 나 지금 환자라고!"

"환자 같은 소리 하고 있네."

"봐봐. 무릎이 다쳤잖아! 걷지도 못해서 저분께 안겨온 거란 말이야!"

소하가 자신이 무릎을 보여주며 악다구니를 썼지만 더벅머리소년이 아랑곳하지 않고 두어 차례나 더 꿀밤을 먹이자 소하는 입을 삐죽이면서 약당 쪽으로 뛰어가 버렸다.

"하여간 말썽쟁이라니까."

더벅머리소년이 고개를 절레절레 흔들고는 방갓의 사내를 쳐다본다.

"어서 오십시오. 저는 천린이라고 합니다. 저희 소하가 폐를 끼치지는 않았는지요?"

너무도 어른스러운 더벅머리소년 천린의 말에 방갓을 벗던 사내가 흐뭇한 미소를 띠었다.

"이름이 천린이라 했더냐?"

"예."

"영특한 아이로구나 네 스승님께 예를 잘 배웠구나."

"아, 아직 불민합니다."

천린이 불민의 뜻을 제대로 아는지는 이해되지 않았지만

제법 겸양의 말까지 늘어두었다.

"무인이신가 보군요?"

"응?"

천린은 사내의 얼굴을 살피고는 허리춤에 매어진 허리띠를 발견하고 묻자 사내가 조금 의외라는 표정으로 되물었다.

"어찌 알았더냐?"

"허리춤에 매어진 것은 연검이 아닙니까? 스승님께 연검을 쓰는 무인에 대해서 들은 바가 있었지요."

"허, 그랬더냐?"

"예."

"그래, 네 스승님은 어디 계시더냐?"

"안쪽에 계십니다만……."

"가보자꾸나. 안내해 주겠느냐?"

"예? 아직 훈육 중이신데……."

"괜찮다. 내 방해하지 않으마."

"알겠습니다. 그럼 따르시지요."

천린을 따라 사내는 걸음을 옮겼다.

제법 잘 꾸며진 약당의 모습에 흐뭇한 미소가 지어졌다. 제법 공을 들여 가꾼 모양인지 분재와 난들이 그럴싸한 모습을 지니고 있었다.

"방금 너희들이 외운 말은 멀리 동쪽의 예국에서 전해지는 추구집이라는 책에 쓰인 글이란다."

훈장이 흐뭇한 음성으로 아이들을 바라보며 가르침을 내리다 천린을 따라온 사내를 발견하고는 가볍게 고개를 숙였다.

"자, 오늘은 여기까지 하자꾸나. 다음 배움은 다음에 하자."

"예, 스승님."

훈장이 서책을 덮자 아이들은 뒤질세라 책보자기를 싸 들었다.

"자, 내일은 늦지 말고 오도록 하고 그만들 돌아가거라."

"예, 스승님!"

스승의 말에 아이들은 너나 할 것 없이 부리나케 마루 아래로 뛰어내렸다.

아이들이 밖으로 나가자 방갓의 사내가 훈장이 있는 툇마루로 다가가 짐을 내려놓았다.

"오랜만에 뵙습니다."

"하하, 오랜만입니다. 이 년 만이던가요?"

"예."

서로 원래부터 아는 듯한 모습에 천린이 어리둥절한 표정을 지었다.

"린아, 가서 차를 내오너라."

"예? 예, 스승님."

훈장의 말에 천린이 어물쩍거리다 대답을 하고는 차를 끓

이기 위해 뛰어나갔다.

책상 위를 정리하는 훈장을 사내가 말없이 쳐다보았다.

"여전하시군요."

"그렇습니까?"

"예."

사내의 말에 훈장이 흐뭇하게 고개를 끄덕거렸다.

"그보다 어쩐 일이신가요? 모용 공자, 아니, 이제는 모용 가주라 불러야 할까요?"

"하하, 무슨 말씀이십니까? 그냥 예전처럼 모용 공자라 부르셔도 됩니다, 무명님."

방갓을 쓰고 온 사내는 바로 무림지변의 영웅이자 이제는 모용세가의 가주가 되어 오가회의 수장으로 살아가고 있는 모용찬이었고, 훈장은 무명이었다.

무명은 그때의 싸움이 끝나고 황제로부터 관무불침의 칙령을 얻어낸 뒤 은거를 했다.

무림은 그에게 영웅의 칭호를 주었지만 그가 선택한 것은 은거였다.

"이제 저희도 마흔이 되어가는군요."

모용찬이 자신의 멋들어진 콧수염을 쓸며 말하자 무명이 고개를 끄덕거렸다.

"세월이 많이 지났지요?"

"한데 무명님은 하나도 늙지 않으시는군요."

"그런가요? 하긴 예전에 스승님도 처음 뵈었을 때는 젊은 청년의 모습을 하고 계셨지요."

무명이 자신의 스승인 천지무황을 떠올리며 씁쓸하게 웃었다. 그 웃음의 의미를 알고 있는 모용찬이 잠시 틈을 두었다가 말을 이었다.

"돌아오지 않으시려는 겁니까?"

"하하, 제가요?"

모용찬의 진지한 말에 무명이 실웃음을 흘리며 구름 떠가는 아래의 산자락을 쳐다보았다.

"저는 이곳에 있는 것이 좋습니다."

"음."

무명의 환한 웃음에 모용찬은 아무런 말도 하지 못했다.

귀왕으로부터 무림을 구한 영웅이자 야랑이라는 집단을 앞세워 복위를 꿈꾸던 복왕의 음모를 막아 환란을 잠재운 구국의 영웅인 무명이 고작 이런 시골마을에서 부랑자들의 아이들을 가르치며 훈장 노릇이나 하고 있다는 사실이 마음에 들지 않았다.

유일하게 무명의 거처를 알고 있던 모용찬이 몇 번이고 찾아와 설득을 해보았지만 무명은 꿈쩍도 하지 않았다.

한 손에 모든 영광을 거머쥔 채 사라진다는 것은 쉽지 않은 선택이 분명했지만 무명은 아무것도 신경 쓰지 않아 보였다.

"저는 지금의 생활이 좋습니다. 사람마다 있어야 할 자리와 가야 할 길이 있는 법이지요. 무림의 소식이라면 모용 공자께서 가끔 이리 찾아와 전해주시지 않습니까?"

"하지만……."

"하하, 그 이야기는 그만하시죠. 그래, 요즘은 어떻습니까?"

무명이 화제를 돌리자 무언가 말하려던 모용찬은 깊이 한숨을 내쉬었다.

"후우, 똑같습니다. 그때나 지금이나. 이미 예전의 실수는 잊어버린 것처럼 모두가 세력 늘리기에 주력하고 있지요."

"그렇습니까? 하지만 황제가 좋아하지 않을 텐데요?"

"그건 십 년 전이지요. 원체 무를 숭상하는 황제가 아닙니까. 무진자가 어찌 구워삶았는지 황사(皇師) 중 무사부라는 직책이 생기면서 무당파가 또다시 관과 결탁을 했지요. 쯧, 반청을 가장 높은 곳에서 외치던 사람이……."

모용찬이 혀를 차며 얼굴을 찡그리자 무명이 그 모습에 작은 미소를 띠었다.

"그뿐만이 아닙니다. 사파의 무인들은 자기네들끼리 사흑련의 후신이 어떻고를 따지며 온종일 싸워대고 있어 성도에 유혈 사태가 끊이질 않고 있습니다. 이미 야수문과 독곡은 철천지원수가 되어버렸지요. 흑사방이야 원래부터 뛰어난 무

인을 보유하지 않았으니… 하지만 흑사방 놈들도 여전히 힘 없는 이들을 괴롭혀 대고 있지요.'

"그래요? 야수문이 그때 모두 사라진 게 아니었나 보지요?"

무명은 야수문이 천자산 혈투가 일어났을 때 귀문에 의해 완전히 몰살되었다고 알고 있었다.

"몇 놈이 살아 있었던 모양입니다. 세가 예전만 하지는 않지만."

모용찬이 신세한탄을 하듯이 푸념을 늘어놓았고, 무명은 말없이 고개를 끄덕이기만 했다.

긴 이야기가 이어지는 동안 잠시 후 천린이 쟁반에 찻잔을 받쳐들고 들어왔다.

"스승님, 차입니다."

"오냐. 이리 가져오너라."

천린이 차를 내려놓고 자리에 앉자 모용찬을 힐끗거리며 쳐다보았다.

천린이 보기에 왠지 모용찬의 도습이 멋있게 보였다.

멋들어지게 기른 콧수염이며 정갈하게 차려입은 윤기나는 비단 무복, 그리고 그 위에 수놓인 붉은 연꽃 문양이 신기하기도 하고 아름답기도 했다.

"그것보다 이 아이는?"

모용찬이 자신을 힐끗거리는 천린을 지칭하며 무명에게

물었다. 분명 몇 해 전에 찾아왔을 때만 해도 볼 수 없었던 아이다.

"아, 천린이라고 하지요. 천린아, 인사드리거라. 이 스승과는 제법 오랜 인연이 있는 분이란다."

무명이 말하기가 무섭게 천린이 공손하게 허리를 숙여 인사를 했다.

"장천린입니다."

순수하게만 보이는 천린의 모습에 모용찬이 고개를 끄덕거리자 무명이 설명을 덧붙였다.

"학문보다는 무예에 관심이 많은 녀석이지요."

"그렇습니까? 하면?"

모용찬은 혹시나 하는 마음에 말끝을 올리며 무명을 쳐다보았다.

"학문을 가르치고 있습니다."

"그렇군요."

혹여나 무공을 전수하였나 싶은 기대감에 물어본 속셈이었지만 무명의 말에 금세 풀이 죽은 모용찬이 씁쓸한 웃음을 지었다.

모용찬은 무명의 무공을 너무도 잘 알고 있었다.

지금이야 그의 스승의 노력으로 인해 몸 안에 엄청난 내공을 갈무리하고 있는 무명이지만 그가 익힌 무공은 내공이 생기기 이전에 익혔던 것이고, 그것은 무명이라는 희대의 천재

였기에 가능한 일이었다.

사람이 익힐 수 없는 자연의 무공. 그것이 바로 무명의 무공이었다.

"아시다시피 제 무공은 더 이상 전수하지 못하니……."

무명의 말에 모용찬이 씁쓸하게 웃는다.

사실 천린은 무명에 대해서 완전히 알지 못할 것이다. 또한 무명이 얼마나 뛰어난 학식을 가지고 있는지, 그가 얼마나 대단한 무공을 지니고 있는지 알지 못할 것이다.

그의 제자가 된 이 년 동안 만나본 사람들이라고는 마을 사람들과 동네 아이들이 전부였을 테니까.

"아깝군요. 하긴 무명님의 두공을 익힐 수는 없었을 테니……."

"아까울 것이 무엇이겠습니까? 어차피 제가 무공을 익힌 것은 무의 극의를 보기 위함인 것이지 누군가에게 전하려 한 것이 아닌데요."

"음."

모용찬이 작은 신음성과 함께 고개를 끄덕거렸다.

"그보다 이 년 만에 저를 찾아오신 것은 이유가 있을 터지요? 거대한 세가를 제쳐 놓고 한담이나 하자고 찾아오신 것은 아닐 테고."

무명의 물음에 모용찬의 얼굴이 굳었다.

"그가 다시 움직이기 시작했습니다."

"예?"

모용찬의 목소리가 무거워졌다.

"귀왕… 그가 무림으로 다시 돌아오고 있습니다."

"주 공자가……?"

"예."

모용찬이 무명을 찾아온 것은 바로 그 이유 때문이었다.

이 세상 그 누구도 상대할 자가 없었던 귀왕 주량이 귀문을 이끌고 다시 무림으로 돌아오고 있었던 것이다.

화필검으로 검의 한 획을 이룬 모용찬이라고 할지라도 상대조차 되지 않을 그가 이전보다 강해진 걸음을 내디뎌 온 것이다.

그를 막을 수 있는 자는 전 중원을 뒤져서 무명 그 하나밖에 없을 것이다.

"이것 참… 난감하군요."

무명의 얼굴이 살짝 굳어진다.

"어쩔 수가 없겠군요."

무명이 자리에서 일어났다.

그리고는 방 안으로 들어가더니 작은 행장을 꾸려 밖으로 나왔다.

"응? 스승님, 어디 가십니까?"

"오냐. 오랜 벗이 온다니 아니 맞을 수가 없겠구나."

무명의 말에 천린도 모용찬도 깜짝 놀라고 말았다.

"아니, 지금 혼자 가시려는 겁니까? 오가회의 무인들이라
도……."

"아니요. 괜찮습니다. 가서 술이나 한잔 얻어먹어야지요.
싸워서야 되겠습니까?"

"……."

마치 산보나 나가는 듯한 그의 웃음에 모용찬이 할 말을 잃
어버렸다.

"자, 그럼 다녀와 볼까요?"

너른 소매를 휘적거리며 걸어가는 모습에 잠시 넋을 잃어
버린 모용찬을 향해 무명이 멈추더니 말했다.

"참, 제가 없는 동안 천린이를 돌보아주세요. 혼자서도 잘
해낼 녀석이기는 하지만."

"예? 그게 무슨?"

"소일거리로 스승님의 무공을 건강체조 삼아 전수를 했지
요."

"예? 설마 천지무황님의?"

모용찬이 깜짝 놀라 벌떡 일어났지만 무명은 작은 미소만
을 남긴 채 휘적거리며 걸어갔다.

모용찬은 한참 동안 말도 하지 못하고 눈만 끔벅이다가 천
린을 쳐다보았다.

"허……!"

아무렇지 않게 제 스승을 향해 손을 흔드는 천린을 바라본

모용찬은 헛웃음만이 나올 뿐이었다.

"네 스승님이 어떤 분인지 아느냐?"

"예?"

"잘 보아두어라. 저분의 뒷모습을… 세상 누구나 영웅이며 대인이라 칭해 마지않지만 그저 자신은 소인이라 생각하는 소박하지만 거대한 인물이란다."

『무림군자』 완결

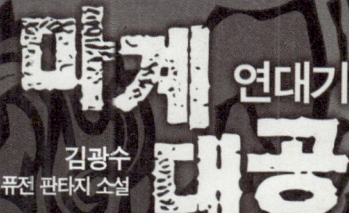

마계 연대기
대공

김광수
퓨전 판타지 소설

Darkness Duke Chronicle

"여기가 마계라굽쇼!"

모태솔로의 저주를 풀기 위하여 눈물겨운 투쟁을 벌이는 강찬우.
벼락 맞고 갑자기 소환된 마계에서 만난 최상급 마족 미소녀
세를리아의 소환수 1호가 되어 벌이는 좌충우돌 대서사시.
그 누구도 깨닫지 못한 고대 마법의 힘을 얻어 마계와 중간계,
천계와 환수계, 정령계를 넘나들기 시작하는데……

행복 꽃사슴 농장 농장주가 되기를 소박하게 꿈꾸는 강찬우.
신들의 비밀을 파헤치고 앞을 막아서는 모든 것들에 강철주먹을 날리며
대륙의 지존영웅이 되어간다.
천상천하 유아독존 마계대공이라는 이름으로……

유행이 아닌 자유추구
WWW.chungeoram.com
Book Publishing CHUNGEORAM

Book Publishing CHUNGEORAM

풍림화산

임영기
新무협 판타지 소설

천당에서 지옥으로 질풍노도처럼[風] 거지에서 대살수로 웅크린 숲처럼[林]
복수의 화신으로 불길처럼[火] 악마에서 영웅으로 거대한 山이 된다.

풍림화산(風林火山)

한 사나이의 파란만장한 대역정이 웅장하고 장렬하게 펼쳐진다.

유행이 아닌 자유추구 -
WWW.chungeoram.com
Book Publishing CHUNGEORAM

天山魔帝

천산마제

일류 新무협 판타지 소설

내일을 기약할 수 없는 땅, 천산.
소녀로부터 은자 한 닢의 빚을 진 소년 용약,
청년이 된 용약은 천산의 하늘이 된다.

하늘을 가르고 땅을 뒤엎는다!
한 호흡에 만 개의 벽(壁)!!
지금껏 내게 이빨을 드러낸 것들은 모두 죽었다.

은자 한 닢의 빚을 갚으며 시작된
십천좌들과의 승부.
오너라! 천산의 제왕, 천산마제가 여기 있다!

유행이 아닌 자유추구 -
WWW.chungeoram.com
Book Publishing CHUNGEORAM